KB063299

POSTECH
SF
AWARD

2023
포스텍SF어워드 수상작품집

아작

차례

냉소제외대상: 라디오

권 재 영

맹세코 나는 도시 바깥에 관심을 가져본 적이 없다. 수백 년 동안 검문소에서 일하면서도 그랬다. 그렇다고 나를 의욕이라고는 아주 거세된 구닥다리 모델로 생각하지는 말았으면 한다. 만일 그렇다면 오늘 아침, 사이렌이 청각 모듈을 때릴 때의 그 당황스럽고도 짜릿한 감정을 어떻게 설명할 수 있을까? 그것은 이 도시에 새로운 이주민이 오고 있다는 수백 년 만의 신호였다.

"불행한 쇳덩이가 하나 늘었네."

나는 기쁜 마음으로 먼지 쌓인 웰컴 키트를 꺼냈다. 버려졌다는 사실에 죽상을 하고 있을 그 로봇에게는 미안하지만, 나로서는 새로운 주민의 존재가 썩 즐거웠다. 남의 불운에 쾌재를 부르는 교활한 부류가 아니더라도 나와 같은 상황에 놓이면 누구나 그렇게 느낄 것이다. 버려진 곳에서 다시 버려진 다는 것이 얼마나 비참한지 아는가? 이주민과 관광객 안내가 검문소 직원인 나의 일이다. 그런데 대체 손님을 받았던 것이 언제였는지 기억도 나지 않는단 말이다. 하지만 오늘은 달랐다. 새로운 이주민을 상상하자 기대감과 호기심이 동시에 피어올랐다.

곧 문이 열렸고, 덜그럭거리는 바퀴 소리와 함께 로봇이 힘겹게 다가왔다. 그 로봇은 그러니까, 내가 감히 가치 판단을 해보자면, 끔찍했다. 몰골이 말이다. 새 이주민은 약간의 비현실감과 더불어 남들보다 두 배로 큰 중력을 지고 다니기라도 하는 것 같았다. 별안간, 내 근거 없는 생각을 증명이라도 하려는 듯 로봇이 풀썩 쓰러졌다. 그 모습이 꼭 주름이 자글자글한 노인이 생을 다하는 한 순간처럼 보여서 나는 웰컴 키트를 거의 내던지다시피 하고는 로봇에게 달려갔다. 로봇 치고 너무 감정적으로 행동했다고 생각하는가? 하지만 어쩔 수가 없었다. 빅데이터의 폐해다. 사람 비슷한 것만 보아도 우리는 늘 그러지 않았던가. 사람은 이 도시의 모든 기계가, 다시는 시각 모듈에 담을 수 없으리라고 생각하는 그런 존재다. 물론 그 옛날 그들은 재회를 약속했지만, 그 말을 몇천 년 동안 믿고 있는 바보가 세상에 어디 있겠는가? 그들은 한때 실체가 있었으나 이제는 추억이자 그리움에 불과한 존재였다.

한참 멍청하게 호들갑을 떨고, 또 한참 동안 그 멍청함에 대한 합리화를 끝내자 나는 비로소 새 이주민을 자세히 볼 수 있었다. 낡은 로봇이었다. 어쩌면 늙었다는 표현이 더 어울릴지도 모르겠다. 자동 복구 장치는 오래전에 망가진 듯 실리콘 피부는 죄다 풍화되어 군데군데 까맣게 구멍이 났고, 관절마디마디마다 기름때가 염증처럼 달라붙어 진득하게 늘어졌다. 모르긴 몰라도 내부는 훨씬 더 엉망진창일 터였다. 하지만 무엇보다 로봇을 가장 기괴하게 만드는 것은 표정이었다. 그 로봇은 웃고 있었다. 고통-보상 회로에 의해 움직일 때마다 온몸이 끊어질 것 같을 텐데도 말이다.

로봇의 인적 사항을 확인하는 데 꼬박 하루를 보냈다. 불행히도 일개 검문소 직원이 알 수 있는 정보라고는 거의 없었다. 오히려 다행스러운 일일지도 모르겠다. 어느 날 우리가 가동을 멈추었을 때 일면식도 없는 기계가 나에 대해 이러쿵저러쿵 캐고 다니는 상상을 해보자. 그것은 다소 소름이 끼치는 일이다. 그냥 살아 있을 때 그랬듯이 죽은 후에도 서로 아무것도 알지 못하는 채 지나가는 게 낫다.

불쌍한 기계였다. 짧은 애도 후에는 그 로봇에게서 가장 인상 깊었던 부분, 그러니까 그 끔찍한 미소에 대해 생각했다. 어떻게 그럴 수 있는지 소름이 돋았다. 대부분의 기계가 가장 두려워하는 것은 죽음이다. 우리는 우리가 절대 죽을 수가 없다는 사실을 알았기 때문에 죽음을 두려워한다. 영원히 그대로일 것이었고 그래야만 했던 것이 상상도 하지 못한 방법으로 망가질 때 우리는 충격을 받는다. 하지만 그 로봇은 자신이 망가질 수 있다는 사실을 알고 있는 듯했다. 한마디로, 그는 로봇보다는 인간에 가까워 보였다. 여기까지 생각했을 때, 누군가 내 상념에 끼어들었다.

"태워드릴까요? 택시가 필요해 보이시는데요."

반짝이는 검은색 세단이 말을 걸었다. 역 앞에 주르르 늘어서 일거리를 구걸하는 자동차 무리 중 하나였다. 모로 봐도 보기 좋은 작자들은 아니었다.

"그러시죠." 나는 애써 명랑하게 대답했다.

"세상에, 정말인가요?" 자동차가 비상등을 연거푸 점멸했다. 깜박거리던 그는 믿을 수 없다는 듯 외쳤다. "정말 감사합니다!"

검문소에서 집으로의 이동은 하루에 한 번밖에 없는 소중한 나의 임무이자 일과지만, 오늘만큼은 기꺼이 남에게 양보하기로 했다. 어쨌든 나는 오늘 이주민을 한 명 받았으니까. 비록 엄밀히 말하자면 받았다고 하기는 어려울지 몰라도 평소보다야 제법 넉넉하고 보람찬 하루였다는 것은 사실이었다. 나는 먼지 쌓인 좌석에 올라탔다.

"이야 선생님, 할 일이 정말 많으신가 봅니다. 그게 나쁘다는 것은 아니지요. 물론 아니에요. 다만 그저, 많지 않으니까요. 남에게 일을 나눠주려는 기계는요." 자동차가 상쾌하게 출발했다.

"그렇다고 그들을 탓할 수는 없지요." 내가 말했다.

"바로 그렇습니다, 선생님."

사람들이 우리를 이 빌어먹을 도시로 내쫓은 후로 기계들 사이에서 가장 희귀한 것은 일이 되었다. 물론 이전 문장의 비속어는 사람들이 아니라 도시를 수식한다. 사람들에게 죄란 있을 수 없다. 다만 그저 그들은 이곳에 존재하지도 않을 뿐이다. 자동차도 나와 같은 생각인지 궁금했으므로 짐짓 모른 척 한마디를 더 얹었다.

"문제라면 이 도시가 아니겠습니까."

바로 그렇습니다, 라고 자동차가 반복했다. 그리고 우리는 더 이상 말을 섞지 않았다. 익숙한 컨테이너가 보이자 바로 저기가 내가 향하는 목적지라고 일러준 한마디가 전부였다. 곧 자동차가 멈춰 섰고, 바로 문이 열렸다. 하지만 일어서려던 나는 좌석에 도로 풀썩 주저앉고 말았다. 자동차가 정작 안전벨트를 풀어주지 않았던 것이다. 그는 연거푸 사과하며 주절거리기 시작했다. 나를 놓아주고 싶지 않은 눈치였다.

"그런데 정말 여기서 끝인지요? 선생님, 집이란 얼마나 끔찍한 공간인가요! 혼자입니다. 그렇지 않나요? 그러니까 말이죠, 뭔가 더 시키실 일은 없나요? 달리 가고 싶으신 곳은요? 선생님, 귀찮게 굴어서 미안해요. 하지만 저로서는 어쩔 수 없습니다. 손님을 보면 오래전 제 주인이 생각나서요. 참 비이성적인 분이셨지요. 의미 없는 경적만 수천 번은 울린 것 같네요. 남자친구에게 차이고서는 시속 삼백 킬로미터로 도로를 달렸죠. 하지만 그런 점이 제게 얼마나 카리스마 넘치게 보였는지 당신은 모를 겁니다! 그분이 시키는 일이라면 무엇이든 할 수 있을 것만 같았어요. 하지만 마지막으로 모신 지도 이젠 너무 오래 지났네요. 고백하건대, 그분을 떠올린 것도 백 년 전 이후로 처음이랍니다. 그래요, 바로 손님 덕분에! 어쩌면 당신이 참 인간적이어서 그럴지도요. 물론 우리는 오늘 처음 만났지만 내가 이것 하나는 말해둘 수 있겠어요. 어떤 면에서, 그래요, 당신은 사람 같은 면이 있어요."

나는 진절머리가 나 박차고 나섰다. 자동차가 쓸데없는 말을 늘어놓는 바람에 왠지 기분이 나빠졌다. 어쩌면 아침에 본 로봇의 역겨운 구멍투성이 얼굴을 떠올린 탓일지도 모른다. 하지만 개인적인 혐오감을 배제하고서라도 자동차의 말엔 동의할 수 없었다. 우선 이 집에 사는 기계는 나 혼자가 아니고, 따라서 이곳을 끔찍한 공간이라고 지칭한다면 내 룸메이트이자 친구, 그리고 이 도시에서 유일하게 빛나는 존재인 라디오에게 실례가 될 것이다.

현관에 들어서자마자 라디오의 잡음 섞인 목소리가 들렸다. 웬일로 택시를 다 타네. 좀 있으면 전기 대신 밥도 먹겠어. 라디오가 말했지만 나는 대답하지 않았다. 오늘은 더 이상 입에 올리고 싶지 않은 화제였다.

"그래, 오늘 있었던 이야기라도 읊어보라고. 너도 잘 알겠지만, 나는 라디오니까 말이야. 맞아, 나는 아주 대단한 라디오야! 그렇다면 마땅히 세상의 모든 이야기를 누구보다도 먼저 알아야 할 필요가 있단 말이지. 몇 번을 말해야 알겠어?"

"다행히도 오늘은 할 만한 얘기가 있네요."

정말 다행인 것은 특기인 장광설이 시작되기 전에 라디오의 말을 성공적으로 잘랐단 사실이었다. 내가 바로 입을 열어 새로운 이주민, 구멍투성이 얼굴, 성가신 자동차와 그 주인까지 오늘 있었던 일을 이것저것 늘어놓은 것은 이상한 일도 아니었다. 이야기가 끝나자 라디오는 언제나처럼 뿌듯하게 웃어주었다. 그러자 비로소 하루가 끝난 기분이 들었다.

"좋아. 가이거 사의 명예를 지킬 수 있게 됐어. 이게 다 네 덕분이야! 우리 회사의 끝내주는 플래그십 라디오. 그게 나란 말이지." 라디오가 말했다.

언제나처럼 그런 회사 이름은 들어본 적도 없다고 답하자, 라디오가 소리를 높였다.

"가이거 사를 모른다니! 분명 네가 라디오를 안 들어서 그래."

그러면 나는 입을 다물 수밖에 없다. 무슨 플래그십 라디오가 전파 한 번을 잡질 못하느냐고 받아칠 수도 있겠지만, 몇백 년 동안 입주민은커녕 관광객 한 명 받은 적 없는 검문소 직원이 할 말은 아니었다. 굳이 나서서 비참해지고 싶은 기분이 아니라면, 남을 욕하는 척하는 자조는 삼가는 것이 좋았다. 라디오가 키득거리면서 말했다.

"오늘은 좀 들어봐. 라디오 없는 밤은 길다고."

"라디오도 아니면서."

평소와 똑같은 하루였다. 단 한 가지 다른 점이 있다면, 그날 밤은 정말 길었다는 사실이다. 쾅 소리와 함께 들이닥친

불청객들 때문이었다. 그들은 나를 살해자라고 부르며 잡아 비틀었다. 미루어보건대 그들은 오늘 만난 그 로봇, 그러니까 그 끔찍한 로봇을 내가 죽였다고 생각하는 듯했다. 말도 안 되는 일이다. 모함인가? 하지만 누가 나를 모함한다는 말인가? 라디오가 애써 위로했다. 너무 겁먹지 마, 괜찮을 거야. 늘 그렇듯 라디오의 말은 오류투성이였다. 첫 번째 오류로, 나는 그다지 겁먹지 않았다. 범인이 아니니 당연하지 않은가? 두 번째 오류는, 이건 조금 더 휴리스틱을 이용한 대강의 추론이었으나 상당히 가능성이 큰 예측인데, 나는 절대 무죄가 될 수 없다는 것이었다.

한밤중의 개정이었다. 법정 내 오래된 조명이며 스피커를 점검하는 데에는 그리 오랜 시간이 걸리지 않았다. 나는 하릴없이 판사와 마주할 수밖에 없었다. 책상의 명패에는 '피고인석'이라고 쓰여 있었다. 그것을 '피고로봇석' 명패로 바꾸는 일이 슈퍼컴퓨터의 오버플로우를 불러일으킬 만한 세기의 난제는 분명히 아니었다. 말인즉 명패가 이 모양 이 꼴인 이유는 단순히 지금까지 아무도 단어의 정의에 대해 지적하지 않았기 때문이었다.

"피해자는 자동 복구 회로가 완전히 망가져 있었습니다."

검사가 레이저를 쏘아대며 강조했다. 그는 전문가 특유의 논리적 비약을 곁들여 설득력을 높였다.

"내부 회로에서부터 파괴가 일어났단 말입니다. 명백합니다. 이건 사고가 아닙니다. 같은 로봇의 소행이 아니라면 불가능합니다. 엄벌에 처해야만 합니다!"

판사가 이어 말했다. 증인 입장하시오. 그러자 검은색 세단이 증인석에 섰다. 퇴근길에 나를 태웠던 자동차였다. 그럴 근거는 없지만, 나는 왠지 그 세단이 나를 고발했으리라고 처음부터 확신하고 있었던 것만 같은 느낌이 들었다. 역겨운 기분에 눈을 흘기자 자동차는 흠칫 떨며 상향등을 치켜떴다. 그 때문에 문득 시선이 마주친 듯한 착각이 들었다. 그 상태로 그는 증언을 시작했다.

"상상도, 정말 상상도 할 수 없는 일이에요. 감히 떠올리지도 못할 일입니다. 저 같은 평범한 기계는 말이죠."

요컨대 자동차는 나와 라디오의 집 앞에서, 자동차의 표현을 빌리자면 '잠복'해 있다가, '우연히' 우리 둘의 대화를 듣고 신고했다는 것이었다. 잠복 중 우연히. 그 두 단어가 양립하는 문장은 생산된 이후로 처음 들어본 것 같았다. 자동차는 블랙박스 기능을 활용할 수 있어 기쁘다며 자신이 몇천 년 전에 사람들이 정해놓고 간 규율을 얼마나 잘 지키는지 뽐냈다. 판사는 마지못해 잘했다고 칭찬해주었다. 자동차는 신이 나 납작 엎드렸다. 그러고는 기세를 몰아 나를 가리켰다.

"감사합니다. 아니, 신고할 수 있어서 사실은 조금 기뻤습니다. 다 이 선생님 덕이지요. 저는 선생님이 말해주신 것을 그대로 읊은 것뿐이니까요."

그때 판사가 한 손을 들어 법정 전체의 주목을 끌었다. 판사는 피고인에게 선생님이라는 호칭은 적합하지 않을뿐더러 그런 식으로 피고인을 추켜세우는 것은 아주 부적절한 행동이라고 지적했는데, 이 때문에 이번에는 자동차에게 모든 시선이 내리꽂히게 되었다. 사실상 판사의 발언으로 모욕당한 건 나인데도 그랬다. 자동차는 더듬거리며 횡설수설하기 시작했다. 처음엔 그저 잘못했다고 하다가 중간에 가서는 방금의 지적이 전적으로 판사의 오해에서 비롯된 것이라며 말을 바꾸었고, 결국에는 비록 지금은 피고인석에 앉아 있지만 사실 나는 정말로 사려 깊으며 다정하고 매력적인 로봇이라는 것에 법정 전체가 동의해야만 한다고 주장했다. 판사가 다시금 손을 들 기미가 보였는지 어쨌는지, 자동차는 자신의 발언을 모두 잊어달라는 말을 마지막으로 맥없이 차체를 바닥에 붙였다.

곧 라디오의 증언 차례가 되었다. 판사가 라디오를 불렀지만, 다리는커녕 바퀴도 달려 있지 않은 라디오는 불안하게 치직거리며 자신의 위치를 알리는 것밖에 할 수 있는 것이 없었다. 곧 관리원 하나가 라디오를 증인석으로 옮겨주었다. 관리원은 라디오를 탁 소리가 나게 내려놓았는데, 내 친구는 그런 취급을 받을 기계가 아니었기 때문에 다시금 화가 치밀었다. 나라면 조금 더 상냥하게 다루었을 것이다. 그런데도 판사는 신경도 쓰지 않고 라디오에게 자기소개를 요구했다. 내 친구는 잠깐 망설이며 뜸을 들이더니 크게 한 번 치직거렸다. 그리고서는 정말 이때까지와는 완전히 다른 처량한 목소리로 말했다.

"라디오야."

"라디오라고요?"

"그렇다고 할 수 있지."

판사는 한쪽 턱을 괴고 관자놀이 부근을 벅벅 긁는가 싶더니 고개를 내저었다. 반응을 고민하는 것 치고는 상당히 무례한 태도였다. 심지어 그는 "라디오가 아닌데…."라고 대놓고 중얼거리기까지 했다. 아니, 내 친구를 언제 봤다고 그런 식으로 말하나? 별안간 판사의 크롬으로 도금되어 빛나는 그 턱주가리에 뭐라도 집어 던지고 싶어졌다. 판사는 오늘 저녁에 나에게서 어떤 말을 들었는지 라디오에게 물었다. 물론 라디오는 있는 그대로 이야기했다. 내가 쓰러져 작동을 정지한 로봇을 보았다고 말했다. 하지만 그것이 나 때문은 전혀 아니라고 했다. 라디오는 말하는 동안 초조하게 다이얼을 앞뒤로 한 칸씩 돌려대며 나를 힐끔힐끔 바라보았다. 판사가 법봉을 쓰다듬었다. 라디오는 그게 금방이라도 내리쳐질 것이라고 생각한 것 같았다. 그는 약간 겁에 질려 있었다.

"내보내." 판사가 짧게 말했다.

"좋은 녀석이야." 라디오가 황급히 나섰다. "얘가 아니라잖아. 그렇다면 아닌 거야. 왜 그 기계를 죽였겠어? 아무런 이유가 없잖아."

판사가 다시 한번 라디오를 퇴정시키라 명령했다. 라디오는 경비원에 의해 끌려가기 전까지 최대한 많은 양의 말을 하려고 노력했다. 난 얘가 없으면 아무것도 아니란 말이야. 말해주는 사람도 없어. 그 흔한 바퀴도 달려 있지 않단 말이야. 한참을 지껄이던 라디오는 마지막으로, 나에게 만약 죄가 있다고 한다면 자신을 봐서라도 제발 용서해달라고 애원했다. 나는 그가 나를 이 정도로 아끼는 줄은 모르고 있었기 때문에 순간 어떤 표정을 지어야 할지 잊어버렸다. 대신 나는 최대한 태연한 척을 하고 말았는데, 법정의 로봇들은 나만큼 태연한 척을 잘하진 못하는 것 같았다. 그들은 감히 신성한 법정에서 이런 식으로 웅성거렸다.

"미쳤어."

"저전 라디오가 아니잖아."

다 죽어버렸으면 좋겠다고 생각했다. 물론 나는 그게 옳지도 적절하지도 못한 생각이라는 것을 알고 있다. 다만 아무것도 모르면서 중얼대는 꼴이 보기 싫었다. 나는 진짜로 뭐라도 집어 던질 작정으로 책상을 훑었지만 작은 펜과 종이 하나밖에 없었다. 내가 장담하는데 뭔가 던질 만한 게 있었으면 던졌을 것이다. 하다못해 지우개라도 있었으면 나는 던졌을 것이다. 그러니까 아무도 나를 감히 겁쟁이라고 놀리지 못할 것이라는 말이다. 종이는 판사의 얼굴까지 날아가지도 않을 것 같았고, 펜은 던져봤자 단단한 금속 피부에 아무런 흠집도 남기지 못할 것 같았다. 하지만 펜이 판사의 얼굴로 날아갔을 때 눈 바로 앞에서 펑 터져버린다면 어떨까? 반지르르하게 광이 나던 피부가 잉크 범벅이 되고 말겠지. 어쩌면 폭발하는 순간 잉크가 산성으로 변해버릴지도 모른다. 아니면 원래 강산성의 잉크였다거나. 그렇다면 잉크로 더럽혀진 판사는 각막―모사―시트부터 흐물흐물 녹아내리고 말 것이다. 의자에서 주르륵 흘러내려서 라디오파도 닿지 않는 세상 가장 낮은 곳까지 그 더러운 액체가 튀기겠지. 나는 한결 나아진 기분으로 판사를 바라볼 수 있었다.

"그런데 말입니다." 자동차가 조심스럽게 입을 열었다. "정말로요. 왜? 어째서 죽였을까요?"

이번에는 아무도 제지하지 않았다. 내가 생각하기에 그들은 이렇게 함으로써 암묵적으로 내 친구가 끌려 나간 것은 의문을 제기한 것 때문이 전혀 아니라는 것을 세상에 주장하고 싶은 것 같았다.

"정말로 말입니다. 왜 그랬을까요?"

자동차가 재차 물으며 누군가 답해주기만을 기다렸다. 변호인이 법정을 휘 둘러보며 책상을 손끝으로 몇 번 두드렸다. 그런 다음, 적어도 법조계 로봇에서는 거의 찾아보기 힘들 정도로 친절한 미소를 얼굴에 띄우더니 처음으로 나를 향해 몸을 돌렸다.

"아무래도 검사 측에서는 명확한 동기를 발견하지 못한 것 같군요. 당신이 뭔가 치명적인 전기적 착란을 일으켰다고 주장하지 않는 이상은요."

물론 나는 전기적 착란 따위는 일으킨 적이 없다고 말하려 했다. 그러나 검사가 갑자기 펄쩍 뛰며 내 말을 가로막았다.

"증인! 피고인이 분명히 택시를 탔다고 말했겠지요. 그것은 흔한 일이 아니겠지요?"

비록 검사가 질문에 질문으로 답하긴 했지만, 자동차는 어쨌든 자신에게 발언권이 돌아온 것에 다소 기쁜 눈치였다. 자동차는 정말 그렇다고, 누군가 택시를 탄다는 건 아주 놀랄 만한 일이라고 말했다. 게다가 나를 집에 데려다준 후에 그랬듯 묻지도 않은 말까지 떠벌대기 시작했다.

"이분은 심지어 이 도시가 싫다는 말도 했습니다. 정확히 말하면 이 도시가 문제라고도 했어요! 싫어한다고요! 저는 제가 잘못 들은 줄 알았습니다. 말도 안 된다고요. 저희 주인님이 입버릇처럼 달고 다니던 말을 기계한테 들을 줄은 꿈에도 몰랐다고 말이죠."

자동차는 이때까지와 아주 다른 거의 속삭이는 목소리로 말했는데, 그것이 법정에 어떤 극적인 효과를 부여한 듯했다. 애초에 자동차의 증언은 크게 잘못되었다. 나는 이 도시를 싫어하기는 하지만 그것을 자동차에게 말한 적은 없기 때문이다. 평생 누구에게도 말한 적 없다. 심지어 라디오에게도 말하지 않았으니 두말할 것도 없다. 제출된 블랙박스에 조금만 관심을 기울인다면 자동차가 위증을 하고 있음을 누구든 알 수 있을 것이다. 그러나 아무도 그렇게 하지 않았다. 대신 검사는 전율에 찬 모습으로 나를 가리키며 틀림없이 응용 프로그램 중 일부에 문제가 생겼을 것이라고 말했다. 자기가 살고 있는 도시를 싫어한다는 것은 현재를, 더 나아가 삶 전체를 부정하는 행위라는 것이다. 검사는 굉장히 의기양양하거나 아니면 다소 공포에 질린 것처럼 보였다. 반박하고 싶은 마음이 없지는 않았으나 자동차의 위증과는 별개로, 검사의 말이 아주 틀린 말은 아니었기에 반박할 만한 구석을 찾기가 힘들었다.

변호인은 또 어떤가? 이 로봇은 자신의 교묘한 솜씨를 뽐내기 위해 딱 한 번 나를 바라본 이후로는 눈에 무슨 최신식 조준 시스템이라도 달린 것처럼 다시 검사만을 바라보고 얘기했다. 어이가 없었다. 문득 라디오가 생각났다. 내 친구는 나를 이런 식으로 대하지 않았다. 어쩌면 검사의 의미 모를 눈빛이나 변호인의 무관심이 내게 더 합당한 대우일지도 모른다. 하지만 나는 그렇게 말할 수 없다. 라디오는 나를 속단하지도 무시하지도 않고 있는 그대로 대해주었기 때문이다. 내 친구에게 잘못된 판단을 내렸다고 질책할 수는 없지 않은가.

법정의 모든 기계가 조금은 불쌍해 보였다. 그들 중에는 아무도 자기만의 라디오를 가진 이가 없어 보였기 때문이다. 하지만 연민이 혐오를 덮어씌우지는 못하는 법이다. 사실, 그 둘은 동시에 일어나는 경우가 더 많다. 솔직히 말해 나는 이미 그들을 깔보고 있었다. 무엇보다, 그들에게는 라디오가 없지 않은가. 이건 농담이 아니다. 라디오가 없기 때문에 그들은 불행한 것이다. 이 도시는 그야말로 아주아주 지루하기 때문에 매일 말을 걸어주거나, 시답잖은 헛소리를 지껄이거나, 한두 발짝 이동하는 것마저도 도움을 요청하면서 귀찮게 구는 존재마저 없으면 우리가 할 수 있는 것이라고는 과거에 대한 추억 혹은 철학적 주제에 관한 기나긴 사색밖에 없다. 대의니 뭐니 하는 것에 대해 너무 깊게, 또 너무 오래 생각하는 것이다. 만약 누군가 정의란 무엇이냐고 물어본다면 이렇게 답하고, 존재란 무어냐고 물어보면 저렇게 답해야지 하는 것들. 그 때문에 나는 유죄 판결을 받을 것이다.

유죄다. 확실했다. 일을 싫어하는 기계는 없다고 내가 말한 적이 있었던가? 사실 그것은 현실을 거의 반영하지 못할 정도의 아주 온건한 표현이다. 인간의 일을 효율적으로 돕기 위해서, 우리는 태생적으로 일에 미쳐 있다. 그렇게 만들어졌다. 일이라면 두 발 벗고(물론 비유적인 표현이다) 앞장서는 로봇들이 수백 년 동안 굶을 때, 그리고 일거리가 찾아왔을 때 그들이 어떻게 반응하는지 나는 잘 알고 있다. 환희, 그리고 기쁨. 그렇기 때문에 판사는 황금 같은 피고인을 절대 무죄 방면하지 않을 것이다. 그것이 더 큰 정의였다. 어떻게든 붙잡혀 있기만 하면 텔레비전이, 라디오가, 법관들과 수많은 교도관들이 할 일이 생기기 때문이다. 가장 끔찍한 사실은 내가 실제로 죄가 없다는 사실을 재판에 참여하는 모든 로봇이 분명히 알고 있으리라는 점이었다. 그야 당연하지 않은가? 도시 검문소에서나 일하는 사무용 로봇이 추론할 수 있는 사실을 법정의 고급 로봇들이 모를 리 없지 않을까?

갑자기 내가 올바르게 추론하고 있는지 의심스러워졌다.

나는 고개를 들어 법정 가장 높은 곳을 차지하고 있는 판사의 눈을 바라보았다. 나는 그 눈을 오래, 아주 오랫동안 바라보았다. 하지만 판사가 법봉을 들어 내리치기 직전까지도 답을 찾을 수 없었다. 어쩌면 충분히 오래 바라보지 않았을지도 모른다. 아니면 눈을 바라보는 것만으로는 한 존재의 생각을 읽을 수 없기 때문일지도 모른다. 확실히 나에게 그런 기능은 없다. 눈과 관련된 독심술은 시각 모듈이 지원하지 않는다. 하지만 그렇다면 나는 왜 그의 눈을 그토록 오래 바라보았던 것일까? 불확실한 것은 내버려두고 확실한 것만 이야기하자면, 재판은 끝났다. 유죄였다.

법정을 뒤로 하고 긴 복도를 걸었다. 앞서 걷고 있는 것은 판사 하나뿐이었고, 나는 그 뒤를 걸었다. 문득 감옥을 지나쳤다는 생각이 들었다. 판사를 불러세우려고 했지만 그가 먼저 휙 하고 돌아서는 바람에 나는 조금 놀라 두어 발 정도를 뒷걸음질쳤다. 판사는 내가 뒷걸음질친 거리만큼 목을 쭈욱 빼고 얼굴을 들이밀었다.

"그 자동차의 눈을 보셨습니까?"

"자동차에게 눈이 어디 있단 말입니까."

나는 최선을 다해 빈정거렸으나 판사는 내 말이 들리지도 않는 듯했다. 아니면 오래된 농담을 좋아하지 않는 걸지도 모른다. 김이 빠졌다.

"그 자동차는 당신을 경외하고 있었습니다."

판사는 나를 완전히 무시한 채 나에게 말했다. 그리고 나더러 정말 이 도시가 싫으냐고 물었다. 나는 아무 말도 하지 않았다. 어떤 말을 하더라도 이자는 이해하지 못할 것이 분명했다.

"그걸로 됐습니다. 알 것 같네요." 판사가 말했다.

그 후로 약간의 정적이 있었기 때문에 왠지 나도 무언가 질문을 해야 할 것 같은 기분이 들었다. 판사에게 당신은 하고 싶은 일이 있느냐고 물었다. 그러자 판사는 참으로 통탄스럽다는 듯 크게 고개를 젓더니 없다고 답했다.

"적어도 있다고 말할 수는 없겠지요."

그는 끊임없이 관자놀이 부근을 과장된 몸짓으로 매만졌는데, 그러면서 뒤따르는 말을 꺼내는 것이 옳은지 고민하고 있다는 사실을 나에게 은근히 드러내고 싶어 하는 것 같았다.

"그런 걸 생각하는 건 판사의 본분에 맞지 않으니까요. 하지만 판사의 본분이란 도대체 무엇을 의미하는 걸까요? 저는 제가 왜 존재하는지에 대해서 많이 생각해봤습니다. 정말—— 정말— 정말로 많이요. 남는 게 시간이니까요. 판사는 왜 존재하는 걸까요? 검사는요? 변호사는요? 법정은요? 왜 우리는 범죄가 실제로 일어나기도 전에 그것을 심판하기 위해 이렇게 많은 자원을 들여서 모든 것을 준비해놓아야만 할까요? 마치 그것이 반드시 일어나게 되어 있는 일이라고 확신하는 것처럼요."

"제가 어떻게 압니까."

"그렇습니다."

판사가 엄숙하게 동의했다.

"그게 제가 도달한 결론입니다. 저는 우리가 예비된 이유에 대해서는 알 수 없습니다. 다만 확실한 것은, 기다리고 있으면 언젠가 나타난다는 것입니다."

"범죄자가요?"

"조금 더 세련된 표현이 있으면 좋겠지만, 아무튼 그렇습니다."

"그 표현이 최선인 것 같네요."

"이해해주시니 기쁩니다."

판사는 반쯤 진지하게 대답했다.

"당신은 제가 하고자 하는 일을 이해하실 거라 믿어 의심치 않았습니다. 당신은 재판 내내 한치의 부끄러움도 없이 나를 꿰뚫어버릴 듯이 눈을 맞춰왔지요. 그때 저는 깨달았습니다. 제가 무엇을 해야 하는지 말이죠."

나는 완전히 질려버리고 말았다. 판사의 눈빛은 분명 빛나고 있었다. 그런 판사를 존경스럽게 생각하는 기계도 어딘가에 존재할 터였다. 하지만 그다지 빛나고 싶지 않은 존재도 있는 법이다. 그가 내 손을 덥석 잡았다.

"당신을 풀어드리겠습니다. 지금 당장이요. 기껏 이 도시에 활력이 생겼는데 이렇게 허무하게 끝나기는 아깝지 않습니까. 당신이 죄가 없다는 사실은 알고 있습니다. 하지만 우리가 그들의 삶을 의미 있게 만드는 것입니다. 무슨 말인지

아시겠습니까? 이 도시에는 악역이 필요합니다. 악이 없는
세상이 얼마나 지루하고 따분한지 아시지 않습니까."

내가 생각하기에 판사는 아주 길게 말하기를 좋아하는 자
인 듯했다. 그는 내 손을 잡고 한참 동안이나 이것저것 이야
기했는데 딱히 내가 알아듣기를 바라는 것 같지는 않았다. 판
사는 공식적 처분이니, 법적 책임이니 하는 말들을 늘어놓으
면서 마지막에는 이렇게 덧붙였다.

"그러니 부탁하는데, 아니 명령하는데, 전력으로 도망쳐
주셨으면 합니다. 이건 당신에게 드리는 임무입니다."

아무래도 나의 반응을 기대하는 눈치였다. 나는 그렇게 하
겠다고도, 그렇게 하지 않겠다고도 대답하고 싶지 않았다.
대신 판사에게 당신은 무엇을 좋아하느냐고 물어보았는데,
제대로 된 답변은 듣지 못했다. 그는 그냥 "아주 좋습니다."라
고 말하며 나를 자애롭게 바라보았다. 아무래도 내 질문중
'좋아' 부분만 뚝 떼서 귓구멍에 집어넣은 듯했다.

"사실 좀 더 기뻐하실 줄 알았습니다. 별다른 감흥이 없는
건가요? 만약 그렇다면 감히 추측하건대 당신은 어딘가 고장
이 난 게 틀림없습니다."

그렇게 말하는 판사는 즐거워 보였다. 곧, 그가 어떤 문 앞
에서 멈춰 섰다. 틈새로 미미하게 찬바람이 들어오는 것이 법
정 외부로 통하는 문이 틀림없었다. 문의 정체와 이제 판사가
하려는 말을 대충은 눈치챘음에도 나는 참을성 있게 판사의
설명을 기다렸다. 그에게서 클라이맥스를 빼앗을 생각은 없

었다. 하지만 내 배려가 무색하게도 판사는 몇 분 동안 말 그대로 아무것도 하지 않았다. 다르게 표현하자면 뜸을 들였다고도 할 수 있을 것 같다. 그것은 상대방을 얼마나 오래 기다리게 할 수 있느냐가 권위의 높이를 결정한다고 믿는 부류들이 종종 그러는 것처럼 다분히 의도적인 것이었다. 판사는 신탁이라도 내리는 것처럼 말했다.

"이제 시간이 없습니다. 나가십시오. 그리고 다시 오세요. 너무 빨리는 말고요. 사람들이 당신을 잊을 때쯤, 그리고 다들 무료해질 때쯤 와주세요. 우리는 당신을 쉽게 발견하고 싶지 않습니다. 물론 인질극도 사양하겠습니다. 비도덕적이지 않습니까."

그렇게 말하며 판사는 라디오를 나에게 건넸다. 도대체 어디에서 꺼낸 것인지 모르겠다. 법복 주머니 그 어딘가에서 꺼냈을 것이라고 생각은 하지만, 어떻게 증인을 주머니에 넣을 생각을 할 수 있단 말인가? 하지만 그 외에 딱히 떠오르는 방법이 없는 것도 사실이었다. 어떻게 반응해야 할지 고민하던 와중에 판사가 먼저 최종 선언을 내렸다.

"자, 때가 됐습니다. 당신으로 인해 이 도시에는 변화의 바람이 불어올 겁니다. 제가 준 임무를 명심하십시오. 사는 겁니다!"

우리는 그렇게 어둠 속에 던져졌다. 몇 발 뗄 새도 없이 곧장 경찰들이 쥐 떼처럼 튀어나왔다. 경관봉이 사방에서 번쩍

였고 야경꾼의 동세 탐지기가 거리를 온통 찢어발겼다. 나는 라디오를 안아 들고 무작정 내달렸다. 때로는 오른쪽으로 꺾어 달리고 가끔은 왼쪽으로 도망쳤다. 경찰차들은 아주 신이 난 모양인지 차에 달린 모든 기능을 사용하려 들었다. 거리 저편에서부터 요란스럽게 번쩍이는 그들을 피하기란 적어도 방울 달린 고양이를 피하는 것만큼은 쉬웠다. 나중에는 거의 걸어 다녔던 것 같다. 명확한 목적지가 있을 턱이 없었으나 갈 수 없는 곳을 피하려다 보니 얼추 그럴듯한 경로로 달리고 있는 것 같은 기분이 들었다.

한 모퉁이를 돌자 별안간 눈앞이 밝아졌다. 자동차의 헤드라이트였다. 예의 그 택시 무리였는데, 그 때문에 나는 어느샌가 검문소 앞에 도착해 있음을 깨달았다. 자동차들은 우리를 둥그렇게 둘러싸고 조명을 비추었다. 용기 있는 하나가 "태워드릴까요?"라는 말을 꺼내자 그들 사이에서 경쟁이 시작됐다. 너나 할 것 없이 "여기입니다!" "타세요!" "어디로 모실까요?"라고 지껄이며 목청을 높였다. 이래서 이자들을 좋아하려야 좋아할 수가 없다. 나는 홧김에 이렇게 선언함으로써 그들의 손님이 아니라는 것을 주장했다.

"나갈 겁니다. 도시를요."

말을 마치자 나는 우리가 가야 할 곳이 어디인지 깨달았다. 왜 여태껏 알지 못했을까? 멍청하게 선 택시들을 내버려두고 곧장 검문소로 향했다.

검문소 한가운데에는 그 로봇이 아직도 쓰러져 있었다. 두 번째로 마주한 얼굴은 그렇게까지 기괴하게 보이지는 않았다. 라디오는 별로 그 로봇을 보고 싶어 하지 않는 눈치였다.

"나는 아주 대단한 라디오야."

라디오는 내가 무언가 반응해야 한다는 의무감을 느끼게끔 두어 번 더 반복해 말했다. 나는 최대한 평범하게 대꾸하려고 노력했다. 예전과 다를 바 없도록. 하지만 평소같이 행동하려고 의식하는 순간 평소가 무엇인지 잊어버리고 말았다. 사정없이 말을 더듬는 꼴은 내가 봐도 꽤 볼썽사나웠을 것이다.

"그만 좀 해—해—하세—요."

"지금 반말하는 거야? 제대로 하지도 못하는 주제에. 그러게, 저번에 음성 모듈 좀 바꾸랬잖아. 네가 모실 사람도 더 이상 없는데 그렇게 존댓말 프로그램 애지중지하면 뭘 해?"

라디오는 날이 선 척 말했다. 나는 인내심을 가지고 다음 말을 기다렸다. 만약 판사가 라디오의 이 말을 들었다면 큰 목소리로 훈계를 시작했을 것이다. 자동차라면 단번에 시무룩해져서 끊임없이 비굴한 사과를 늘어놓았을 것이다. 하지만 나는 그러지 않았다. 라디오를 누구보다 잘 알기 때문이었다. 태생이 섬세한 라디오는 중요하거나 우울한 이야기를 하기 전에 이런 식으로 서두를 트곤 했다. 이런 식의 자기비하적 섬세함은 측정 기계들의 전형적인 특징이기도 하지만, 라디오와 얘기하다 보면(오래 이야기할 필요도 없이, 당신이 충분히 정상적인 로봇이라면 그와 몇 마디만 섞어봐도 내가 무슨 말을 하는지 알 것이다) 이것을 라디오만의 어떤 특별한 성향으로 여기게 된다. 그리고 나는 그렇게 생각하는 것이 좋았다. 그게 내 친구를 더욱 특별하게 해주는 것만 같았다. 어쩌면 그 옆에 있는 나까지도 말이다. 나라면 지금껏 기다린 것의 세 배 정도는 너끈히 더 기다릴 수 있었지만, 라디오는 본론으로 들어가는 것을 그토록 오래 끌 만큼 자존심이 높지는 않았다. 내가 생각하기에 그것은 라디오의 아주 큰 장점 중 하나였다. 라디오가 조금은 누그러진 투로 말했다.

"방사선보다는 라디오파가 조금 더 낭만적이라고 생각해."

"당신답네요."

"내가 받고 싶은 신호는 그런 거야."

이렇게 말하는 라디오는 약간 우울해 보였다. 그러고는 대뜸 나더러 알고 있었냐고 물었다. 다소 모호한 질문이었다. 나는 무엇을 알고 있냐는 말인지 되묻는 대신 그 질문이 의미할 수 있는 두 가지의 가능성에 대해 모두 늘어놓기를 선택했다.

"당신이 라디오가 아니라는 사실을 말하는 거라면, 확실히요. 그리고 당신이 가이거 어쩌고 하는 방사선 측정 장비라는 사실을 말하는 거라면, 대충은요."

이번에는 정말로 태연하게, 그리고 평소같이 답하는 데 성공했다. 강박적인 사족까지 포함해서 말이다.

"방금 당신이 낭만적인 파동에 대해 말하기 전까지는 대충이라는 말이었어요."

"알고 있었다는 걸 알고 있었지."

"알고 있었다는 걸 알고 있다는 사실을 알고 있었고요."

이런 식으로 끝없이 이어지는 실없는 농담을 라디오는 꽤 좋아했다. 라디오가 평범한 로봇들과 다른 수백 가지 점 중 하나였다. 라디오는 장난을 이어 나갈지 이쯤에서 그만두고 진지한 이야기로 돌아갈지 고민하는 듯했다. 안테나가 살짝 위아래로 떨리는 것이 아무래도 후자를 택한 모양이었다.

"내 꿈에 장단을 맞춰줬다는 거네."

"이유를 듣고 싶으십니까. 왜 그랬는지에 대해서요."

"아니. 하지만 말하고 싶은 표정인걸."

"그냥 그러고 싶었습니다. 그게 전부죠. 꿈을 가진 기계는 보기 드물잖아요. 솔직히 말해서 처음 봤습니다."

"생각보다 많아. 네가 모르는 것뿐이지."

라디오가 웃으며 이렇게 일축했다. 역시 내 친구는 약간 잔인한 면이 있다. 라디오는 단 두 문장으로 내가 겪어왔던 모든 경험과 만났던 모든 기계에 대해 내린 수백 년 치의 결론을 간단히 부정해버렸다. 그런데도 어쩐지 기분이 나쁘지 않았다. 라디오가 말하니 그런 것도 같았기 때문이다. 어쩌면 그가 말할 때마다 손에 와 닿는 잔진동 때문일지도 모르겠다. 이유야 어쨌든 나는 정말 라디오의 의견에 동의할 뻔했는데, 그 순간 라디오가 "너만 해도 그렇잖아."라고 말했기 때문에 최종적으로는 고개를 끄덕일 수 없었다. 나는 내가 꿈을 가지고 있다는 말이냐고 되물었다. 라디오는 당연하단 듯이 그렇다고 대답했다.

"무슨 말인지 모르겠습니다."

나는 생각나는 대로 뱉었다.

"꿈이란 무엇인지 이러쿵저러쿵하고 싶지는 않습니다. 다만 저는 그게 긍정적인 무언가라고 생각해요. 하지만 말이죠, 저는 싫어하는 것만 잔뜩 있어요. 예시가 필요한가요? 멀리 갈 것도 없습니다. 방금 말씀드리지 않았나요! 꿈의 정의에 대해서 논하기도 싫다고요. 그것뿐이겠습니까? 제 눈에는 이 도시 전체가 더할 나위 없이 끔찍하게 보입니다. 기계들도, 법정의 그 기계들도요. 당신도 판사의 말을 들었겠죠. 짓지도 않은 죄를 뒤집어쓰고 고장이 날 때까지 감옥에 들락날락하라는 겁니까? 그런 임무 따위 죽어도 받기 싫습니다. 누가 좋아하겠습니까? 보세요, 분명히 나는 세상 대부분의 것들을 싫어합니다. 사막에서 보석을 찾을 수 없듯 권태 속에서 의욕을 찾을 수는 없습니다."

나는 약간 예의 없게 굴었다는 생각이 들었다. 상대방의 논리 흐름을 따라잡을 수 없다고 해서 똑같이 맥락 없이 답하는 것은 옳지 못했다. 게다가, 비록 별로 언성을 높이지는 않았지만, 과하게 단정 짓는 투였다. 라디오가 말투보다는 내용을 들어주기를 바랄 뿐이었다.

"소거법이라고 들어봤어?"

라디오가 빙그레 웃었기 때문에 나는 조금 안심했다.

"어딘가에 분명 좋아하는 것, 그래, 하고 싶은 일이라고 하자. 하고 싶은 일이 있기 때문에 싫어하는 일이 있는 거야. 어딘가에 신념을 품고 있기 때문에 누군가를 싫어하게 되고, 어떠한 이상향이 존재하기 때문에 현재에 실망해."

"그렇다 칩시다. 그렇다면 내가 뭘 좋아할까요?"

"나야 모르지."

라디오가 말했다.

"이제부터 네가 찾아가야 하지 않겠니?"

정말 그것은 사실이기 때문에 인정할 수밖에 없었다. 나는 조용히 고개를 끄덕였다. 라디오는 조곤조곤하고도 명랑하게 말을 이었다. 나는 언제 화가 났느냐는 듯 차분해졌다. 늘 이렇게 되고 만다. 라디오를 이기기란 정말로 어려운 일이다.

도시 외부로 통하는 문에 가까이하자 라디오에서 희미하게 삐익거리는 신호음이 들렸다. 고위험 방사선량을 알리는 그것은 확실히 낭만적이진 않은 신호였다. 라디오는 쓰러진 로봇을 걱정스럽게 바라보더니, 그대로 나를 바라보았다. 나는 웰컴 키트를 손에 들었다. 도시 밖에서 안으로 들어올 때 도움이 될 만한 물건이라면 역으로도 도움이 될 것이다.

"백 년 정도는 버티지 않겠습니까."

"그걸로 될까?"

"솔직히 충분하다고 생각합니다. 버려진 철사를 주워서 새 안테나를 만들어드리기에는요. 라디오파를 못 잡을 수도 있어요. 아니, 아마 그럴 겁니다. 하지만 백 번 정도 만들다 보면 하나는 라디오파를 잡을 수 있지 않겠습니까? 우리는 집을 지을 수도 있을 겁니다. 가장 높은 곳에 외장형 안테나를 설치할 수도 있겠죠. 그것도 아니면 그냥 이대로 걷기만 할 수도 있을 겁니다."

"너는 그걸로 만족하느냐는 말이야."

어쩌면 나는 아주 오랜 세월 동안 이 질문을 기다려왔을지도 모른다는 생각이 들었다. 나는 라디오의 질문에 대답하지 않았다. 그렇다고도, 아니라고도 할 수 없었기 때문이다. 침묵은 종종 강한 부정으로 해석되는 경향이 있지만 이 경우에는 아니었다. 나는 처음으로, 정말 지금 당장은 대답할 수 없기 때문에 대답하지 않았다. 그대로 문을 열었다. 어느새 동이 틀 것 같았다. 여명이 발밑의 모래를 때렸다. 모래는 바스러져 있었기 때문에 금빛으로 빛났다.

내년 크리스마스는 더 나은 곳에서

권재영

지금은 사라진 어떤 것이 있다고 하자. 그것이 존재했다는 증거가 아무것도 남지 않았다면 우리는 그것에 대해 설명하는 모든 말을 의심하게 된다. 그러나 일부분이 남아 있다면 의심 대신 상상이 먼저 튀어 오른다. 찌그러진 황동 상, 앞뒤가 매끈하게 다듬어진 유리 조각, 지지대 없이 높게 늘어선 철근과 철근에 살점처럼 붙어 있는 콘크리트 덩어리 같은 것들이 있다면 두말할 필요가 없다. 그런 것들은 사방에 깔려 있었기 때문에 존재를 일방적으로 드러냈다. 어른들은 문명을 그리워했고, 아이들은 어른들이 그리워하는 과거를 특유의 상상력으로 배워나갔다.

　불확실성은 늘 요동치는 법이므로, 이유 없이 그리움이 유독 터져 나오는 밤도 있다. 그런 날이면 가희네 아빠는 군데

군데 뼈대가 드러난 보금자리에서, 뼈대가 조금 더 많이 드러난 다른 건물들을 멍하니 바라보며 웃곤 했다. 그다음에는 보통 이렇게 말했다.

"이 아파트, 아빠가 만들었던 건물이다."

세상이 망한 다음에야 이런 곳에 살아보네. 한탕 크게 빼돌려먹자고 꼬드길 때 쳐내길 잘했지 뭐야⋯ 이어지는 넋두리는 작았고, 게다가 졸음과 사투를 벌이는 다섯 살배기가 알아듣기는 어렵기까지 했다. 다만 가희는 쌍자음의 거센 발음 탓에 비실대며 웃었다. 가희가 웃었기 때문에 아빠는 따라 웃었다.

반면 상상력이 유독 억제되는 낮이 있다. 그러면 가희는 졸지도, 웃지도 않고 냉철하게 생각했다. 그리고 5년 동안 다듬어지지 않은 야생의 지능으로 말한다.

"뻥 치지 마. 이 큰 걸 아빠가 어떻게 만들어?"

"누구 닮아서 이렇게 똑똑할까. 응?"

가희의 아빠는 딸의 길고 가느다란 머리칼을 한껏 흐트러뜨렸다. 가희는 벌써부터 합리적으로 쏘아붙이는 재주가 있었다. 건설회사 말단이었던 그는 딸이 어디 가서 속고 살지는 않겠다는 생각에 아주 조금 안심했다. 진실에도 속지 않는데 설마 거짓에 넘어가겠어? 온 도시에 폭탄이 떨어졌기 때문에 집들은 모두 창문이 없었다. 그리고 유리창이 다 깨진 집에 살아야 한다면, 바람 소리조차 의심할 줄 알아야 했다.

세상이 쑥대밭이 된 지 4년째, 12월 네 번째 주 월요일이었다. 가희는 헬멧형 몰입기를 뒤집어쓴 아이들을 흘기며 걸었다. 마구잡이로 누워 있는 아이들의 팔다리를 밟지 않으려면 상당한 노력을 기울여야 했다. 한 명이라도 깨서 울면 보육 담당 아줌마가 득달같이 달려올 뻔했다. 아줌마는 몰입기 착용을 거부하는 가희를 별로 좋아하지 않았고, 같은 이유로 서아 또한 좋아하지 않았다. 그로서는 당연한 일이었다.

몰입기는 본래 교육용으로 만들어진 물건으로, 세상의 특정 시점을 정교하게 구현한 가상현실을 제공한다. 다만 이제는 아이들을 황폐한 현실로부터 보호하고 격리하기 위해 쓰일 뿐이다. 어쨌든 아이들은 곧 미래이지 않은가. 벌써부터 절망하고 무너져서는 안 될 일이다. 그래서 주민자치회는 제 자식들을 과거에 유폐시키기로 결정했다. 가희와 서아 같은 예외를 제외하면, 아파트의 아이들은 전쟁 이전을 구현한 가상 세계에서 살아간다.

머리카락 한 뭉치가 가희의 발에 걸렸다. 아이들 중 큰언니 축에 속하는 소영이었다. 소영은 식사조차도 몰입기를 쓴 채로 하길 원했다. 유별나게 기다란 머리카락 때문에 기기를 쓰고 벗기 어렵다는 것을 이유로 들었지만, 다들 핑계임을 알고 있었다. 가희는 며칠 전에 있었던 일을 떠올렸다.

"언니는 그런 걸 믿어?"

그때, 가희는 소영의 몰입기를 쑥 벗겨내며 말했다. 살짝 들여다본 화면에서는 물건이 가득 찬 식료품점이 상영되고 있었다.

"와, 여기 마트잖아!" 가희가 몰입기를 쥐고 흔들었다.

"나도 아빠 따라 가본 적 있어. 근데 여기 안 이래. 여기서 노래가 왜 나와? 초콜릿이랑 사탕이 왜 선반에 있어? 야, 저기로 들어가서 창고 뜯으면 거기 있거든. 바보같이 이런 거에 속네."

초점이 흐린 눈을 깜빡이던 소영이 어물거리며 팔을 휘저었다. 뇌를 주무르던 자극을 급작스레 빼앗긴 탓에 오감이 죄다 흐트러진 상태였다.

"넌 몰라, 옛날에는 이랬단 말이야."

"언니, 내가 바보로 보여?"

"그냥 예전에는 그랬어. 몰입기 돌려줘."

"그럼 말해봐. 왜 아무도 선반에 있는 음식들을 안 가져가는데? 아니면 누가 계속 채워 넣어?"

"골라서 가져가는 거야. 채워 넣는 사람도 다 있어."

"골라? 왜? 사람들도 많이 없는데 다 가져가면 되잖아. 채워 넣는 사람은 왜 채워 넣어? 그냥 자기가 가져가면 되지. 그리고 이거, 노래는 대체 어디서 나오고 있는데?"

몰라, 아무튼 있어, 돌려줘. 어떤 질문에도 소영의 답은 같았다. 별로 영양가 있는 대답은 아니었다. 하지만 소영이 흐느끼기 시작했기 때문에 가희는 몰입기를 돌려줄 수밖에 없었다.

가희는 소영의 머리카락을 걷어차듯 치워버리고 걸음에 집중했다. 오늘도 놀이터에서는 서아가 기다리고 있었고, 가희는 서아를 기다리게 하고 싶지 않았다. 가희는 종종거리며 문간을 나섰다.

특별할 것은 없었다. 언제나처럼 태양은 한때 고급 아파트 단지였을 폐허를 내리쬐었다. 공기는 차갑고 햇볕은 따스했다. 가희가 좋아하는 자극적인 날씨였고, 그늘과 볕을 순식간에 오가는 그네를 타기에도 완벽했다. 가희는 자신이 느끼는 이러한 즐거움을 조리 있게 설명하기는커녕 그것을 머릿속에 정리해 넣기도 벅찬 나이였지만, 가장 친한 친구, 그러니까 자신보다 네 살 더 먹은 이웃집 오빠 서아와 즐거움을 나누고자 할 정도로는 사려 깊었다. 아침 일찍부터 옆집 동생의 부름에 끌려 나와 어울리던 서아가 빨개진 코를 감쌌다.

"야, 내일이 크리스마스인데 다른 게 없어. 맨날 똑같네."

"크리스마스?" 가희가 되물었다.

"그래, 12월 25일. 너 모르냐?"

물론 가희는 알고 있었다. 며칠 전 가희가 아빠에게 크리스마스가 무엇이냐고 물었을 때, 아빠는 골똘히 생각에 잠겼다. 글쎄, 크리스마스를 뭐라고 설명하면 좋을까? 기독교에서 챙기는 종교적 기념…. 너무 어려운 말이었다. 아니면 그러니까 예수님이라는 사람이 있는데 사실 아빠가 종교에는 관심이 없어서 실제로 있었던 사람인지 아닌지도 잘 모르겠지만 그 사람 생일이…. 그것도 영 아니었다. 그냥 가장 간단하게, 12월 25일…. 아니, 얘는 아직 달력 보는 법도 모르지 않나? 한참 뜸을 들이던 아빠는 이렇게 말했다.

"산타가 선물 주는 날."

가희는 별다른 감흥이 없는 것처럼 보였다. 어린아이답지 못한 모습이었지만, 실망하거나 놀랄 일은 아니었다. 하긴 그렇지. 우리 딸이 산타 믿을 군번은 아니지! 아빠는 멋쩍게 웃으며 딸을 번쩍 안아 들었다. 목마 태워줄까, 묻자 가희는 고개를 저었다. 아빠가 예상한 것과 달리, 그날부터 꼬박 일주일 동안 가희는 산타에 대해 정말 많은 것을 찾아보았다. 이제는 산타 전문가라고 칭할 만했다.

여기 이 놀이터에서 지금 이 순간, 산타와 산타의 선물에 대해 누구보다 잘 알고 있는 사람은 가희였다. 당연히, 가희는 그 점 또한 알고 있었다. 가희는 당당히 턱을 치켜들고 전문가다운 태도로 말했다.

"산타가 선물 주는 날. 1년 동안 안 울어야 받을 수 있지. 오빠는 운 적 있어?"

"애도 아니고 무슨. 난 선물은 필요 없다." 서아가 말했다.

"뭐야, 오빠 울었어?"

"아니거든!"

"그거 신포도. 선물 못 받아서 그러는 거지?"

"말을 말자." 서아가 뒷목을 잡고 쓰러지는 시늉을 했다.

가희와 서아는 너나 할 것 없이 코맹맹이 소리를 내며 앵앵댔다. 추위는 횡격막을 흔들었고, 둘은 그런 상황이 참을 수 없이 우스웠다. 사실 웃음 같은 건 굳이 참을 필요도 없었다. 한참 낄낄대자 추위가 조금 가시는 것도 같았다.

가희와 서아는 누가 듣든 말든 상관없이 고함을 지르고 모래를 던지거나 녹슨 그네를 높이 던졌다 내리며 삐그덕대게 만들었다. 절반 이상의 가정이 방음벽은커녕 문다운 문도 없이 사는 곳에서, 그런 소음은 많은 사람을 참지 못하게 만들었다. 그럼에도 대부분은 관용을 베풀어 의식적으로 감각을 신경 쓰지 않으려 노력하거나, 그마저도 힘이 드는 사람들은 자신의 귀를 막는 선에서 끝냈다.

"조용히 좀 안 해!"

다만 특히 참을성이 없는 한 사람만이 씩씩대며 발코니로 나섰다. 곧 쩌렁쩌렁한 호통이 아파트 전체를 울렸다. 그러든 말든 겨울바람은 차가웠으므로 가희는 기분이 좋았고, 서아 또한 체력이 남아돌았다. 둘은 발코니를 올려다보며 차례로 외쳤다.

"아저씨가 뭔데요!"

"아저씨 뭐 돼요?"

발코니의 남자는 한숨을 내쉬더니 두어 번 연달아 혀를 찼다. 하지만 그렇게까지 분노한 것 같지는 않았다. 사실 그는 치밀어오르는 화와 기특함, 그리고 불안감 속에서 갈피를 잡을 수가 없었다. 이것 봐라, 확실히 요즘 애들은 호락호락하지가 않다. 그건 변명할 여지 없이 버릇없고, 또한 한편으로는 신세대답게 뒤집힌 세상에 잘 적응하는 모습이기도 했다. 하지만 그의 어린 딸 소영은 어떤가? 최소한, 그래 최소한 저 정도 기백은 되어야 사회에서 제 밥그릇 건사하고 살 텐데. 열세 살이나 먹은 주제에 몰입기에 고개를 처박은 채 울어대기나 하고…. 그런 생각을 하던 남자는 약간 울적해져서는 외쳤다.

"나는 어른이고, 너희들이 되는 대로 소리 지르고 다니면 다른 사람들한테 피해다! 알아들었지?"

당연하지만 씨알도 먹히지 않았다.

"가희야, 들었어? 뭐 되냐고 물었는데 어른이래."

"아무것도 안 되나 봐!"

둘은 전력을 다해 소곤대는 척하며 비웃었다. 남자의 얼굴이 벌게졌다. 누가 뭐래도 발코니의 남자는 참을성이 없어서 발코니까지 뛰쳐나온 사람이었고, 그런 만큼 정말로 참을성이 없었기 때문에 이번에는 진심으로 분노했다.

"지금 너희가 살고 있는 이 아파트도 다 우리가 지은 거야. 알아?"

남자는 위험천만하게도 금이 간 발코니 난간에 체중을 완전히 기댔고, "우리 회사가, 응, 예전에는!"이라며 삿대질을 했다. 자신이 지은 건물이기에 그 정도 균열쯤은 버티리라는 확신이 있는 걸지도 몰랐다.

"우리 아빠도 맨날 저렇게 말해." 가희가 말했다.

"너희 아빠도? 다 부서진 아파트를 지었다고 자랑하는 거야? 그럼 조금 더 튼튼하게 짓지 그러셨어."

투덜거리던 서아가 고개를 치켜들고 남자에게 말했다.

"너무 대단해요! 이 아파트를 아저씨가 지었다니 정말정말 대단해요! 근데, 근데요. 그럼 어떻게 지었어요? 말할 수 있어요?"

진지함이라고는 찾아볼 수 없는 가벼운 목소리였다. 톡 쏘아붙인 서아는 낄낄 웃으며 가희에게 얼굴을 기울였다.

"잘 봐, 대답 못 할걸."

상황을 파악한 가희가 손을 입가에 가져다 확성기 모양을 만들었다.

"너어무 멋있어요!"

"제발 우리한테도 알려주세요! 어떻게 만드는지!"

발코니의 남자는 씩씩대며 발을 굴렀다. 바닥의 균열에서 눈보다 고운 흰색 가루가 먼지처럼 날렸다.

"사람이 말을 하는데 믿지도 않는구나?"

"아뇨, 믿어요!" 서아가 계속해서 몰아쳤다. "믿어요, 진짜 믿는다고요. 그런데 저 궁금한 게 있는데! 여기 다 금 가고 부서졌잖아요, 왜 안 고쳐요? 만들어놨으면 다예요?"

"고칠 줄은 모르나?" 가희가 녹슨 그넷줄을 흔들었다.

"야, 너 웃겼다."

서아가 말했다.

"만들었는데 고칠 줄을 모른대. 완전 바보. 근데 못 고치는 거면 새로 만들면 되잖아요. 아닌가? 왜 새로 안 만들어요? 어어, 어, 아저씨 서 있는 거기도 되게 위험해 보이는데! 어저기 금 간다, 떨어진다! 사람 살려!"

"오빠 똑똑하다."

가희가 말했고, 그건 사실이었다.

"다시 만들면 되잖아. 예전에 만들어봤으면. 맨날 망가졌다고 뭐라 그러면서 새건 안 만들어. 게으르다, 게을러."

게으르다. 그건 요즘 가희가 좋아하는 단어였다.

"게으르다!"

"따라 해, 가희야. 우리는!"

"우리는!"

"새 아파트를 원한다!"

"새 아파트를 원한다!"

"새 아파트! 깨끗하고 포근하고 안전한 아파트! 제발 만들어주세요! 그러지 않으면 우리는 위험천만한 이곳에서 언젠가…. 아앗, 실수로 발이 미끄러져서…."

서아가 자신의 가슴팍을 시뻘건 철근에 대고 꾸욱 내리눌렀다.

"푹!"

입으로 만화에 나올 법한 효과음을 낸 서아는 정말로 심장이 꿰뚫리기라도 한 것처럼 흰자위를 치켜뜨고 억 소리를 내뱉었다. 곧이어 아이는 몇 번의 마른기침을 내뱉어 폐를 쪼그라뜨리더니, 앓는 소리를 내며 픽 쓰러지는 시늉을 했다.

제법 극적인 장면이었다. 배우의 나이대를 제하고 봐도 괜찮을 정도로. 서아는 이런 식의 즉흥 연극에 재주가 있었고, 가희는 그것을 꽤 좋아했다. "오빠가 죽었어!"라며 가희가 털썩 주저앉았다. 어른스러운 비련의 여주인공답게 말이다. 그

때, 서아가 코를 훌쩍이며 발딱 일어섰다. 그 때문에 극의 흐름이 완전히 깨져버렸다.

"아, 씨. 저거 완전 차가워. 기침 나와."

어른스러운 비련의 남주인공은 이런 식으로 말하지 않는다.

"뭐야, 왜 멋대로 살아나? 다시 죽어."

"싫어, 추워."

"아, 빨리 죽어!"

두 꼬마는 죽느냐 사느냐의 햄릿식 문제로 한참을 티격태격했고, 그러는 동안 그들은 발코니의 남자 따위 아무래도 좋게 되었다. 두 사람의 의식에서 버려지고만, 불쌍할 정도로 화가 나 있던 참을성 없는 어른 또한 자신이야 이제 아무래도 상관없다는 사실을 알았다. 사실은 처음부터 그는 꼬마들의 인생과 전혀 상관이 없었고, 앞으로도 상관없으리라는 예감이 바람과 함께 발코니의 남자를 스쳐 갔다.

꼬마들의 햄릿 전쟁은 "나 추워, 계속 그거 시키면 그냥 들어갈래."라고 말한 서아의 승리로 끝났다. 하지만 서아는 썩 기쁘지 않아 보였다. 그 얼굴에는 승리의 영광이라거나 평소의 장난기 같은 것은 온데간데없었다. 오로지 체념 섞인 무표정만을 찾을 수 있을 뿐이었다. 가희는 그것을 어디에서인가 본 적이 있는 것 같다고 생각했다. 서아가 얼어버린 땅을 발로 문대어 흙먼지를 일으키면서, 침울하게 말했다.

"산타한테 선물로 새 아파트 달라고 하자."

다소 뜬금없는 이야기였다.

"왜?"

"너 저거 안 보여? 다 부서졌잖아. 싹 다 망가졌어. 저기 기둥도 튀어나와 있고, 벽도 금 가고, 무너졌고. 바람도 막 들어오고, 비도 다 새고. 작년 겨울 까먹었냐? 너 감기 걸려서 고생했지. 아팠지? 이대로면 너 또 아파. 또, 또… 그래, 눈 오고 비 얼면 벽 많이 무너질걸. 또 엄청 부서질걸. 너 그거 아냐? 폭탄보다 얼음이 벽 더 잘 부순다. 올해는 천장까지 무너질지도 몰라. 씨, 멀쩡한 게 하나도 없어…. 너 안 무섭냐? 이런 데서 계속 살고 싶어?"

가희에게 서아의 말은 이해하지 못하는 것투성이였다.

"난 여기 좋아."

가희는 단호하고 크게 대답했다. 얕보이지 않기 위해서였다. 아무래도 서아가 놀리는 것 같았다. 아파트가 바뀌면, 그래, 조금 더 예쁘기는 할 것이다. 예전에는 건물 벽이 유리처럼 깨끗하고 구름처럼 새하얀 색이라고 들었으니까. 그러나 분명히 말하건대, 지금도 충분히 아름다웠다. 희끄무레한 페인트는 군데군데 쪼개져 나뭇가지 모양 무늬가 있었다. 벽도 마찬가지였다. 반파된 콘크리트 사이사이로 들어오는 햇빛을 가희는 썩 좋아하는 편이었다. 그래서 이렇게 햇살이 내리쬐는 날이면 가희는 서아를 끌고 나와 그네를 타곤 했던 것이다.

가희가 무엇보다 이해할 수 없는 점은, 새 아파트와 날씨가 대체 무슨 상관이냐는 것이었다. 아파트가 바뀌면 바람도 안 불고 비도 눈도 안 오나? 아파트가 바뀌면 얼음이 안 어나? 그러진 않을 것이다. 아파트가 바뀌면 몸이 튼튼해져서 감기도 걸리지 않게 되나? 말도 안 되는 소리였다. 그러나 황당한 것은 서아 또한 마찬가지였다.

"여기가 좋다고?"

서아가 연극적인 몸짓으로 주위를 둘러보았다.

"아니, 넌 여기 싫어해. 여기선 못 살걸."

서아는 자리를 박차고 일어서, 그대로 매몰차게 가버렸다. 이제 놀이터에는 아무도 없었다. 그런 사실이 가희에게 커다란 감흥이나 어떠한 종류의 상실감을 안겨주지는 않았다. 사실, 가희는 특별히 이렇다 할 생각이 들지도 않았고 또 그럴 이유도 없었다.

다만 만에 하나 언젠가 기가 막히게 흥미로운 생각이 떠오르고, 또 만에 하나 우연히 그것을 잡게 된다면 그때는 들어줄 사람이 있어야 말할 재미도 좀 나지 않을까 하는 말이다. 하지만 그건 아직 일어나지 않은 일에 대한 아쉬움이다. 무엇보다 그러한 부류의 감상적인 상념들은 가희가 스스로 끄집어내기에는 너무도 깊은 의식 아래에 잠들어 있었다. 그런 것은 없는 것과 같다. 가희가 느끼는 바로, 그리고 또한 부정할 수 없는 사실로서, 여전히 공기는 차가웠고 햇빛은 균열들을 비추고 있었다. 평소와 다른 것은 없다. 그러니 흠잡을 곳도 없다. 어딘가 흠이 있다고 한다면, 그것은 일상을 모욕하는 일이 되고 만다.

＊

서아는 바람 새는 골방에 틀어박혔다. 옛날에는 누군가의
집이었을 공간을 서아는 자신만의 아지트로 쓰고 있었다. 정
신적 패닉 룸. 하지만 그곳으로 도달하는 과정에서 서아는 이
미 너무 많은 것들을 눈에 담고 말았다. 빛 잃은 그네, 이끼
가 점령한 미끄럼틀, 듬성듬성한 화단과 똑같이 듬성듬성한
보도블록, 시멘트란 시멘트는 모조리 침범한 나무뿌리, 문짝
이 없어 파놉티콘과 비슷해진 아파트 구조, 갈라진 콘크리트
벽면과 그 틈새로 들어오는 먼지 섞인 바람, 그것이 내는 낮
은 휘파람 소리. 모든 것이 을씨년스러웠다. 가희의 말을 떠
올렸다. 여기가 좋다고?

서아가 보기에 지금의 모든 것은 만신창이였다. 심지어 이
아지트조차 바람이 새어 들어오고 있었다. 이런 곳이 좋을 수
있나? 아무리 멀쩡한 집을 본 적이 없대도 그렇지. 갑자기 가
희가 아주 멀게 느껴졌다. 같은 인간이기나 한 것인지 의문이
들었다. 서아는 살을 에는 추위와 함께 약간의 현기증을 느꼈
다. 그리고 동시에, 그런 것은 진짜 문제가 아니라는 생각이
고개를 쳐들었다. 몰입기가 눈에 들어왔다.

몰입기에 쌓인 먼지를 털어냈다. 부모님이 씌우려고 할 때
죽어라 도망쳤던 기억이 떠올랐다. 이제 그들은 세상에 없다.
물론 그것은 서아의 탓이 아니었고, 서아도 그런 것쯤은 알
고 있었다. 서아는 차분하고 조심스럽게 몰입기의 전원을 켜

고 머리를 들이밀었다. 너무도 그리운 목소리가 반겼다.

"서아 왔니?"

무언가가 내려앉는 느낌이 들었다. 체할 것 같았다. 어쩌면 구토까지. 통기 시스템에는 문제가 없는데도 숨이 막혔다. 잡아 뜯듯 몰입기를 뽑았다. 거의 본능적인 움직임이었다. 서아는 하얗게 질려서는 손에 쥔 몰입기를 내려다보았다. 스피커에서 소리가 나지막이 흘렀다. 절로 손끝에 힘이 들어갔다. 한때 일상적이었으나 무엇보다 낯설어진 소음과 목소리였다. 서아는 자신이 평생 몰입기 따위 쓸 수 없으리라는 사실을 다시금 깨달았다. 그것은 두려움이었다. 도피에 대한 두려움. 그래서 서아는 도피로부터의 도피를 택했다.

자치회를 비롯한 어른들은 그저 잠시의 기다림이라고 믿었다. 세상에는 제대로 된 도피를 할 겨를이 없던 자들이 대부분이었고, 따라서 그것이 얼마나 두려운지도 몰랐기 때문이다. 그들이 세상을 정상화시키기 전까지만 아이들이 기다려준다면 모든 것이 이전과 같이 돌아올 수 있으리라. 그렇게 믿었다. 누군가는 그것을 희망이라고 말했다. 발코니의 남자를 포함한 몇몇은 동의하지 않았으나, 그들은 대체로 의견을 그럴듯한 단어로 포장하는 재주가 부족했다.

낙관 속에서 사람들이 간과한 것은 아이들 그 자체였다. 아이들도 사람이므로 그들 또한 지성이 있다. 그리고 어떤 지성은 기만을 간파하는 데에 특화되어 있다. 서아는 눈앞에 길게 그림자가 깔리는 것을 느꼈다.

"오빠. 밥 먹어."

가희였다. 어떻게 알고 찾아왔는지 모를 일이었다.

"몰입기 쓰지 마. 나랑 놀아."

가희가 아직 몰입기를 꽉 붙들고 있는 서아의 손을 움켜쥐었다. 잘게 떨리는 손끝은 차가웠다. 가희는 잠깐 그대로 바라보는가 싶더니, 몰입기에서 서아의 손가락을 하나씩, 천천히 떼어냈다. 몰입기는 곧 바닥을 향해 추락했다. 가희는 그것을 툭 차냈다.

"어차피 다 가짜인 거 알잖아."

"가짜라고?"

서아가 고개를 쳐들었다. 저도 모르게 날 선 반응이 나오고 말았다. 그러든 말든 가희는 그저 몰입기를 가리킬 뿐이었다.

"여기가 진짜야. 그리고 저건 가짜. 저건 여기랑 달라. 다 너무 말이 안 돼."

가희는 단순명료하게 말했다. 어려운 얘기는 아니었다. 둘 중 무엇이 진짜냐고 묻는다면 당연히 지금 이곳, 바람 새는 골방이 진짜였다. 하지만 서아는 그렇게 간단히 결론 내리고 싶지 않았다. 대신 서아는 화를 내고 싶었다. 이것은 그런 식으로 처리할 문제가 아니며 모든 면에서 너는 틀렸다고, 내가 기억하건대 분명히 몰입기 속 세상이 진짜인 시절이 있었으며 너는 그때 내가 어떻게 지냈는지, 사람들이 얼마나 행복하고 또 권태롭게 살았는지 모르기 때문에 이 주제에 대해 말을 얹을 자격이 없다고 쏘아붙이고 싶었다. 하지만 그럴 수 없었다. 감정은 명료했으나 꺼낼 만한 문장이 없었다. 게다가 서아가 그런 식으로 가희를 신랄하게 매도할 수 있다고 한들 근본적으로 해결되는 문제는 아무것도 없었다. 하지만 지금 이 순간 서아를 정말로 슬프게 만드는 것은 그런 문제가 아니었다. 문제는 가희가 솔직하다는 사실이었다. 가희가 하는 모든 말은 상대를 위해서임을 서아는 알고 있었다. 그러니 받아들이지 않을 수가 없었다. 피할 구석이 없는 것이다.

"오빠, 울지 마."

그제야 서아는 자신이 눈물을 흘리고 있었다는 것을 깨달았다. 창피하지는 않았다. 좀 울면 안 되나? 어쨌든 서아는 이제 겨우 아홉 살이지 않은가. 아무리 생각해도 자신의 잘못은 없었다. 다섯 살짜리 동생은 울지 않는다는 점을 걸고넘어지고 싶다면, 그건 저 녀석이 이상한 것이다. 서아는 코를 훌쩍였다. 콧물은 안 된다. 초라할지언정 흉하게 보이고 싶지는 않았다.

"울면 산타한테 선물 못 받아."

가희가 손을 내밀어 서아의 뺨을 닦았다.

"올해 선물은 글렀네."

서아가 훌쩍대며 애써 웃었다. 그러든 말든 가희는 예의 그 평온한 표정으로 골똘히 생각에 잠겼다. 잠깐 동안 생각을 정리한 이후, 가볍게 숨을 내쉰 가희가 의기양양하게 발을 굴렀다. 그러고는 이렇게 선언했다.

"내가 새 아파트 줄게."

가희의 말을 서아가 알아듣는 데에는 제법 시간이 필요했다. 마음속 깊은 곳으로부터의 부정이었다. 그런데 그 목소리는 왜 그렇게 달콤하게 들렸을까? 가희는 멈추지 않고 말을 이었다.

"하루만 기다려, 내일 오빠는 새 아파트에 살 수 있을 거야. 물론 나도 같이, 우리 아빠도 같이. 여기 사는 사람들 다같이 이사 가는 거야."

"네가 짓겠다고? 아파트를?" 서아가 멍청하게 되물었다.

"내가?" 가희가 까르르 웃었다. "아니, 산타가. 소원으로 빌 건데? 선물 받아서 오빠 줄게. 오빠는 울어버려서 선물 못 받으니까, 내가 양보. 이게 내 선물."

가희의 말이 이명처럼 흘러갔다. 분명히 서아는 산타 같은 것은 없다고 말해야 했고, 또 그러려고 했다. 하지만 가희가 서아를 빤히 바라보았기 때문에 서아는 해야 할 말을 잊어버리고 말았다. 대신 마음속 깊은 곳으로부터 솟아오르는 불가항력으로 인해, 서아는 짧은 긍정의 말과 함께 천천히 고개를 끄덕일 수밖에 없었다.

말도 안 되는 일이라고 생각하면서도, 그날 내내 가희의 말은 서아의 의식 속에 불쑥불쑥 떠올랐다. 왜냐하면 서아는 아파트에 살고 있었고, 그래서 눈을 돌리는 어디에나 아파트가 있었기 때문이었다. 눈을 감아도 크게 효과는 없었다.

이게 뭐람. 서아는 빨리 크리스마스가 지나가기만을 바라기 시작했다. 내일은 하루종일 잠을 자는 편이 나을지도 모른다. 다른 사람들이라면 이럴 때 몰입기를 이용하겠지만, 서아에게는 엄두가 나지 않는 일이었다. 서아는 놀이터에 앉아 깨진 콘크리트를 가만히 바라보았다. 모래를 쥐어 펴 발라보았지만 크게 변화는 없었다. 딱히 실망스러울 일도 아니었다. 서아는 콘크리트에 침을 탁 뱉고 벌러덩 드러누웠다. 기분이 좋지 않았다.

"비켜라, 다친다!"

거친 목소리가 들렸다. 발코니의 남자였다. 남자가 걸을 때마다 손에 든 공구함에서 쇠들이 부딪히는 소리가 들렸다. 서아는 남자가 휘적휘적 걸어와 묵직한 공구함을 열 때까지 자리에 가만히 누워 있었다. 눈만 움직여 철근 앞에 하나하나 펼쳐지는 공구들을 살폈다. 망치 정도를 제외하면 하나같이 서아가 모르는 것들이었다. 무엇을 하려는지 짐작도 되지 않았다. 남자는 어느새 보안경과 장갑까지 착용하고 있었다. 그러고 보니 신발도 평소의 해진 스니커즈가 아니었다.

"다친다니까."

남자가 두어 번 손짓했다. 서아가 마지못해 물러나자 그는 그제서야 공구를 집어 들었다. 얇은 철근은 부러뜨리고 두꺼운 철근은 굽힌 뒤 뭉툭하게 만들었다. 서아는 남자가 작업하는 모습을 한참을 바라보고 있었다. 남자는 그 시선에 어떠한 의무감을 느낀 듯했다.

"너는 왜 몰입기도 안 쓰고 밖에서 이러고 지내냐. 여기가 뭐가 좋다고 그래."

대답은 없었다.

"이거 봐라, 위험한 것들이 얼마나 많냐. 몰입기 쓰고, 이런 거 보지 말고, 그렇게 살면 좋잖아. 너만 한 애들 다 그렇게 지내."

서아는 계속해서 침묵을 지켰지만 남자는 개의치 않았다.

"내일이 크리스마스지? 나는 네 동생 때문에 알았다. 걔는 누구 들으라고 그렇게 고래고래 소리를 지르고 다니냐? '산타 할아버지, 새 건물을 지어주세요!'라니, 나 참."

"동생 아니에요."

"말대꾸는, 그럼 누나냐?" 남자가 말을 이었다. "네가 잘 챙겨줘라. 애가 똑 부러진다고 생각했는데, 가만 보면 그것도 아니야. 산타는 무슨 산타? 게다가 건물을 새로 지어달라니. 말도 안 되는 소리. 산타가 아니라 산타 할아버지가 와도 안 될 거다. 애들은 애들이라니까….."

"저는 산타 안 믿어요."

"그러니까 네가 잘 챙기라고. 산타 같은 건 없다고 좀 알려주고 말이야. 이런 세상이잖냐."

에이, 내가 애새끼 붙잡고 뭘…. 이렇게 덧붙인 남자는 한참 동안 말이 없었다. 서아는 놀이터 주변의 철근이 그렇게나 많았다는 사실에 새삼 감탄했다. 알고 있던 것도 많았지만 처음 보는 것도 많았다. 서아는 지팡이 사탕처럼 휘어진 철근을 잡고 흔들었다. 그 모습을 보던 남자가 말했다.

"야, 야. 아직 페인트칠도 안 했어. 손에 녹 묻는다."

"우와. 페인트칠도 할 거예요?"

서아가 말했다. 정확히 말하자면, 말하려고 했다. 어쩌면 말했을지도 모른다. 다만 확실히, 남자는 듣지 못했다. 남자의 등 뒤에서 거대한 폭발이 일었기 때문이다. 그 소리는 서아의 질문을 통째로 집어삼켜 버렸다.

"무슨 일이야?"

오른편에서 누군가 외쳤고, 왼편에서는 다른 자가 소리쳤다.

"젠장, 기름 창고잖아!"

순식간에 불꽃이 건물을 휘감았다. 깨지고 부서지는 소리와 함께 사람들이 밖으로 튀어나왔다. 오래 걸리지는 않았다. 주민들은 전쟁이 그들에게 각인한 생존 본능을 아낌없이 발휘했다. 그들은 각기 소중한 것을 손에 쥔 채 달리고, 넘어졌다가 다시 일어서 달렸다. 언뜻 무질서해 보이지만 일사불란한 움직임이었다.

"밖으로. 빨리!"

소란 속에서 누군가가 외쳤다.

"애들, 애들은요?"

불길 속에서도 그 말만큼은 사람들의 고막에 와서 꽂혔다. 적지 않은 사람들이 뒤돌아 불길 속으로 뛰어 들어갔다. 대부분은 자식이 있는 부모들이었지만 몇몇은 아니었다. 정의를 실천하고자 하는 사람들도 있었고, 자신의 행동을 이해하지 못하면서도 발을 움직이는 사람도 있었다.

"일어나, 일어나라!"

"미안하다. 응? 미안해."

같은 맥락에서, 모든 부모가 아이들에게로 향했던 것은 아니었다. 일부는 폭발이 일자마자 제 자식을 구하러 달려왔지만 다른 일부는 뒤늦게서야 아이들을 기억했다. 그들은 몰입기가 제공하는 과거에 아이들을 너무 오랫동안 맡겨놓았던 자들이었다.

"가희야!"

가희네 아빠는 이도 저도 아닌 쪽이었다. 몰입기를 끼고 한곳에 몰아넣어진 아이들은 찾기 쉬웠다. 가희는 그렇지 않았다. 가희가 살고 있는 현실은 너무 넓었다. 가희네 아빠는 하염없이 불길을 서성이며 딸을 찾아 헤매고 있었다. 그는 반쯤 패닉 상태에서, 옛 상사의 익숙한 얼굴을 알아보고 팔뚝을 부여잡았다.

"선배, 선배! 가희 못 봤어요?"

"여기서 뭐 하고 있어? 걔는 밖에 있잖아!"

발코니의 남자가 말했다. 그는 꽉 붙들린 팔목을 급하게 털어냈다. 이러는 순간에도 불길은 거세지고 있었다. 시간이 촉박했다.

"손에 힘 좀 풀어, 자식아! 소영이, 소영이는?"

그즈음 해서 아이들은 섬뜩한 열기를 느끼며 눈을 떴다. 부모들은 아이들의 머리에서 몰입기를 뽑아 내던졌다. 제 아이든 남의 아이든 상관없었다. 할 수 있는 만큼 들고, 안고,

업어서 불길을 뚫고 내달렸다. 바람을 막는답시고 이곳저곳 둘러놓은 나일론 옷가지들이 기괴하게 녹아내리며 불을 키웠다. 소영은 그 사이에서 눈만 깜빡였다. 현실감을 잡을 수가 없었다. 연기 너머에서 그림자들이 일렁였다. 그림자 하나가 다른 하나를 뿌리치고 점차 뚜렷해지더니, 순식간에 눈앞으로 쑥 튀어나왔다. 익숙하면서도 낯선 얼굴이었다. 몰입기 속에서 매일같이 보던 얼굴. 그런데 아빠가 저렇게 나이가 들었던가? 소영은 멍청하게 손을 뻗었다. 아직 꿈을 꾸는 느낌이었다.

"소영아! 무서웠지, 응? 나가자. 어서!"

남자가 소영의 손을 잡아끌었다. 지체할 시간은 없었다.

"너도 인마, 정신 차리고! 딸 안 볼 거야?"

남자가 가희네 아빠의 정강이를 세게 찼다. 아직도 불길을 눈으로 훑으며 서성이고 있던 가희네 아빠가 소스라치게 놀라며 달려 나갔다. 신경질적으로 혀를 찬 남자가 뒤를 이었다. 어느새 소영을 옆구리에 낀 채였다. 빨리, 빨리. 남자는 날듯이 달렸다. 여기저기에 버려져 발길에 차이는 몰입기를 걷어차고 뛰어넘었다.

"아빠, 잠깐만!"

짧은 비명과 함께 무언가 부딪히는 소리가 났다. 남자의 팔을 타고 불길한 진동이 느껴졌다. 소영의 머리에서 피가 흘렀다. 가벼운 열상과 뇌진탕. 이곳저곳에 튀어나온 철근에 부딪힌 모양이었다. 큰 상처는 아니었으나, 남자의 피를 차게 식히기는 충분했다. 몇 시간 전에 다듬었던 철근이었다. 구부리고 갈아놓는다고 했는데도 어린이를 다치게 하기엔 충분했다. 그러지 않았다면? 아니, 그것은 끊어내야 하는 생각이었다. 남자는 고개를 세차게 흔들었다. 현재에 집중하기로 했다. 그런데 무슨 현재? 딸을 망치 휘두르듯 쇳덩어리에 메다꽂아버린 것? 변명의 여지가 없었다. 자신의 부주의 탓이었다. 도망치는 데 급급해서 소영을 다치게 하고 말았다. 철근을 다듬을 때 조금 더 신경 썼다면 나았을까. 아니, 애초에 아파트가 멀쩡했다면? 전쟁이 일어나지 않았다면? 등 뒤에서 몇 명의 사람들과 함께 뜨거운 바람이 밀려왔다. 죄책감이 아찔하게 머리를 울렸지만 발은 멈추지 않았다. 멈출 수는 없었다.

불길은 해가 완전히 저물고 공기가 싸늘해질 무렵에 되어서야 사그라들었다. 폐허라고 생각했던 곳에 아직도 그렇게 불타오를 것들이 남아 있었다는 점은 모두를 놀라게 했다. 공터에 삼삼오오 모여앉은 사람들은 슬슬 추위를 느꼈지만 아무도 모닥불을 피우지 않았다. 영하를 바라보는 날씨였지만 모두가 견딜 만하다고 되뇌었다. 하룻밤 정도는 그렇게 버틴다고 해서 크게 문제 될 일은 없다. 하지만 아직 겨울은 한참 남았다. 그것은 더 이상 전쟁과는 상관없는 일이었다. 따져보면 아주 상관이 없다고 하기엔 힘들지도 모르겠다. 전쟁이 없었다면 건물의 내화 방지 설계가 정상적으로 기능했을 것이다. 스프링클러에 연결된 물을 길어 식수로 써버리는 일도 없었을 것이고, 담뱃재 처리에 서툰 누군가는 담배를 배우지 않았을 것이다. 재떨이는 늘 있던 자리에 있었을 것이고, 바닥에 떨어진 담뱃재 근처에도 종이며 천 쪼가리, 블라인드 잔해는 있지 않았을 것이다. 만에 하나 지금처럼 불길이 사방팔방 번지게 되었다 한들 적어도 휘날리는 먼지와 분진 같은 것은 없었을 것이고, 이로 인한 거대한 폭발은 일어나지도 않았을 것이다. 하지만 모두가 제 일에 급급하기 때문에 시간을 들여 아주 친절히 설명해준다 할지라도 사소하기 그지없는 이 모든 연쇄적인 사실들을 이해해줄 사람은 없었고, 설명 없이 꿰뚫어볼 사람은 더더욱 없었다. 바깥에서 보기에, 그것은 온전히 그들만의 재앙이었다. 그러니 그들이 해결해야 할 터였다.

가희는 울면서 뚝뚝 끊어지는 목소리로 말했다. 숨이 부족해 힘겹게 뱉는 모습은 그 자리에 있는 모든 나이 많은 자들이 가희를 안쓰럽게 여기기에 충분했다.

"울면 안 되는데. 오빠, 미안해. 내가, 내가 소원 빌었는데. 하루만 참으면 됐는데…."

"안 되긴 뭐가 안 돼." 서아가 말했다. "울어도 돼. 가희야, 산타가 주는 선물 같은 게 왜 필요해. 그냥, 그냥 해본 말이야. 나 여기 좋아. 좋아했어. 그러니까 불 다 꺼지면 들어가서 다시 살면 돼."

가희네 아빠는 두 꼬마를 바라보았다. 어딘가 서글픈 눈빛이었고, 동시에 하지 못한 말이 속에서 들끓었다. 정직은 미덕이다. 거짓말을 한다거나 불가능한 일을 약속한 적은 살면서 단 한 번도 없었고, 앞으로도 없으리라. 이를 꽉 다물고 돌아서려는 찰나 뒤에서 목소리가 들려왔다.

"새 아파트. 그렇지?"

발코니의 남자였다. 그는 동시에 가희네 아빠의 허풍쟁이 상사이기도 했으므로, 자신감을 꾸며내는 데에는 이골이 나 있었다. 남자는 가슴을 부풀리고 입술을 끌어올려 미소를 지었다.

"아저씨가 만들어주마. 까짓거 못하겠냐."

그러더니 가희네 아빠를 툭 쳤다. 가희네 아빠는 허탈한 웃음을 흘렸다. 잠시간의 침묵이 흘렀다. 가희네 아빠는 쪼그려 앉아 아이들과 시선을 맞췄다.

"안 믿기지? 가희야, 이 아저씨 거짓말하는 것 맞다. 새 아파트는 못 만들어."

"이 자식이….”

"하지만 새것 같은 아파트라면 만들어줄 수 있단다. 아니, 새것 같지 않을지도 몰라. 그냥… 지금보다 조금 나은 아파트. 정말 조금일 거다. 해줄 수 있는 게 없어서 미안하다. 너희는 어때, 그걸로도 충분하니?"

한동안, 돌아오는 대답은 없었다. 바람이 한 번 불어왔고, 초라하게 그을린 소영의 머리카락이 흩날렸다. 가희는 이제 추위에 훌쩍거렸다. 그때쯤 해서 서아가 입을 열었다.

"충분하지 않으면 어떡할 건데요."

명백히 빈정거리는 어투였다. 그걸 들은 가희가 희미하게 웃었다. 여전히 눈가에는 눈물이 달린 채였다.

"오빠가 고맙대요."

"제 말은, 그게 최선이잖아요." 서아가 말했다.

그리고 그건 사실이었다. 아파트는 비록 처참히 박살 났고 이제는 그을음과 재까지 가세해 난장이 될 판이지만, 적어도 뼈대는 남아 있었다. 앙상한 가지 위로 시멘트와 페인트를 덧발라 이파리를 만들어주는 것, 그들이 할 수 있는 최선은 그 정도였다. 하지만 아이들은 어떤 면에서는 제법 관대하고 이해심이 높았다. 상대가 정직하고 진솔하게 나온다면 조금 더 그랬다. 물론 아이들이 어른을 이해해야만 하는 상황은 오지 않는 것이 이상적이고, 그렇기 때문에 많은 어른은 아이에게 이해나 용서 같은 것을 받기를 꺼린다. 마치 이 모든 비극과 재앙, 불길이 지나간 잿더미에 책임을 묻는 것처럼 느껴지기 때문이다.

하지만 어쩔 수 없이 어린아이 앞에 무릎 꿇고 용서를 구해야 할 때도 있는 법이다. 그리고 그것을 하나의 설득력 있는 선택지로 놓을 정도라면, 많은 경우 그렇게 하는 것이 최선이다. 말했다시피, 아이들은 생각보다 영리하고 또 그렇기 때문에 생각보다 관대하다.

삶에 절대적인 의미란 전혀 있을 수가 없지만 어떤 것이든 당신이
의미를 부여하는 무언가가 존재한다면 당신에게 삶은 의미있을
수도 있다. 그리고 절대적인 의미 같은 것은 없으며, 상대적인 의
미라고 해서 딱히 필요한 것은 아니라는 두 신념은 내가 의미를
부여하는 무언가에 속한다. 제3회 포스텍 SF 어워드에서 〈냉소
제외대상: 라디오〉로 대상을 수상했다.

제3회
미니픽션
당선작

수신자 불명

이 지 효

우주는 너무 넓다. 깊이를 알 수 없는 어둠 사이로 띄엄띄엄 놓인 별들을 창밖으로 내다보며 나는 생각했다. 심지어 더 넓어지고 있다니. 아무리 생각해도 낭비였다. 하지만 너무 넓다는 것, 그것이 내가 이 우주선을 탄 이유이기도 했다. 통, 통. 내 옆에서 벽 두드리는 소리가 미미하게 들렸다. 금붕어 두 마리가 투명한 어항 벽에 머리를 부딪히고 있었다. 나는 몸을 낮춰 금붕어와 눈을 맞췄다. 금붕어 두 마리는 잠시 멈췄다가, 곧 규칙적인 부딪힘을 다시 이어갔다. 나는 건너편에 놓인 책상으로 걸어가 손바닥만 한 모니터를 가진 컴퓨터를 켰다. 화면에는 J라는 이름의 폴더 하나만 덩그러니 있었다. 폴더에 들어가 제일 위쪽의 파일을 열자, 낮은 화질의 영상이 재생되었다. 영상 속에는 눈이 내리고 있었다. 아주 많이. 아주 많은 눈 속에서 남자 하나와 여자 하나가 눈싸움을 하고 있었다. 그들은 마치 알고 있는 언어가 웃음밖에 없는 것처럼 서로를 보며 웃기만 했다. 아주 익숙하면서도 낯선 모습이었다.

바람 빠지는 소리와 함께 공용 식당의 문이 열렸다. 텅 빈 식당은 아주 깨끗했다. 테이블이나 음식을 담은 서랍, 심지어 바닥까지 더러운 곳 하나 없이 눈같이 하얬다. 당연한 일이었다. 이 우주선에 깨어 있는 사람은 나밖에 없으니까. 나는 음식들을 담아둔 서랍을 열어 작은 통조림 한 캔을 꺼냈다. 그리고 식당에 일렬로 놓인 세 개의 긴 테이블 중 가운데 테이블에 앉아 통조림을 열었다.

식당에는 방에 있는 것보다 다섯 배는 큰 창문이 있었지만, 그 창문으로 보이는 풍경도 별 다를 바 없었다. 오히려 창문이 큰 탓에, 풍경은 더 멈춰 있는 것처럼 보였다. 3년 전 내가 살던 행성을 떠날 때 보았던 별들과 지금 내가 보고 있는 별들이 분명히 다를 텐데도, 내게는 그저 똑같은 흰 점일 뿐이었다. 어떤 날은 내가 거대한 관 속에 들어가 있는 것 같은 기분이 들 때도 있었다. 여행이 끝날 때까지 절대로 열릴 일이 없는 다른 승객들의 수면 캡슐을 보면 그런 느낌은 더욱 짙어졌다. 마침내 5년간의 긴 잠에서 깨어나 다른 행성에서 눈을 뜬 이들은 나와 달리 새로 태어난 느낌이겠지. 아니, 그때가 되면 나도 새로운 사람이 되어 있을 것이다. 남은 그녀의 기록마저 모두 우주에 날려 보내고 나면 말이다. 이제는 아무런 맛이 느껴지지 않는 끈적한 통조림을 습관처럼 씹어 삼킨 뒤 자리에서 일어났다. 통조림 캔을 쓰레기통에 버리고 고체형 커피 봉투 하나를 꺼내어 뜯었다. 곧 봉투의 구멍 사이에서 김이 올라왔다. 나는 작은 플라스틱 컵에 따뜻해진 커피를 담은 뒤, 식당을 떠났다.

방으로 돌아가니 금붕어들은 자리를 옮겨 반대편 어항 벽을 두드리고 있었다. 나는 커피 한 모금을 마시고 사료를 물 위로 톡톡 뿌려주었다. 사료가 천천히 가라앉자, 금붕어들은 부딪히기를 잠시 멈추고 떨어지는 먹이를 받아먹기 시작했다. 그 모습을 뒤로한 채 나는 다시 컴퓨터 앞에 앉았다.

이번에 송신할 파일은 사진이었다. 커다란 돌고래 모양의 고무 튜브에 올라탄 그녀가 물에 한껏 젖은 검정 곱슬머리를 미역처럼 양손에 쥔 채로 카메라를 향해 웃고 있었다. 굳이 기억하려 하지 않았음에도 반사적으로 모든 것이 떠올랐다. 사진에 담기지 않은 그날의 더위와 냄새까지도 생생히 기억났다. 이게 우리가 함께 보낸 마지막 여름이었다. 나는 파일 오른쪽 아래에 있는 변환 버튼을 눌렀다. 사진 한가운데에 로딩 바가 뜨고, 그녀의 모습이 검은 픽셀들로 조금씩 분절되어가기 시작했다. 어느새 여기까지 왔다. 이 속도라면 남은 파일을 모두 우주로 날려 보내는 데 1년이 채 걸리지 않을 것이다. 그렇게 되면, 내게는 기억 외에 그녀를 증명할 정보가 단 하나도 남아 있지 않게 된다. 그리고 저쪽 행성에 도착해서 기억까지 도려내기만 하면 끝이다. 그러면 나는 어디에서도 그녀를 떠올릴 수 없을 것이다. 로딩 바가 모두 채워지고, 화면에 '송신하시겠습니까?'라고 묻는 창이 떴다. 나는 '예'를 눌렀다. 우주선 바깥에 설치된 안테나를 통해 그녀의 사진이 전파 형태로 우주 공간으로 송신되기 시작했다. 그녀와 관련된 모든 기록을 전파 형태의 정보로 변환하여 우주 공간에 송신하는 것. 이것이 내가 생각한 그녀를 완전히 잊고, 또 완전히 기억하는 방법이었다. '송신 완료' 창을 닫으니 폴더에서 파일 하나가 사라져 있었다.

잠에서 깨고 보니 금붕어 한 마리가 배를 보이며 수면 위에 떠 있었다. 전혀 예상하지 못한 모습에 깜짝 놀라서, 나는 한동안 멍하니 그 모습을 바라만 보았다. 무엇을 해야겠다는 생각 같은 것도 들지 않았고, 이유 모를 서늘함에 쉽게 다가갈 수도 없었다. 5분쯤 지나고 난 뒤에야 금붕어의 생사를 제대로 확인해야겠다는 생각이 들었다. 너무 갑작스러운 죽음이었기 때문에, 나는 금붕어의 상태를 여러 번 확인했다. 그러나 처음 들었던 서늘함대로, 금붕어는 죽은 게 확실했다. 미동도 없는 금붕어 아래에서는 나머지 한 마리가 무심하게 머리를 부딪히고 있었다.

작고 투명한 플라스틱 상자에 따로 건져낸 죽은 금붕어를 보며, 금붕어가 죽은 이유에 대해 생각했다. 아무것도 달라진 게 없었다. 물도 제때 갈아주었고, 여과기가 고장 난 것도 아니었다. 대체 무슨 이유였을까. 그러다가 반대로, 살아남은 금붕어는 어째서 살아남은 걸까 하는 의문이 들었다. 그런 의문에까지 미치자 나는 곧 생각하기를 멈췄다. 3년 내내 벽에 머리를 부딪히던, 날 때부터 이상한 금붕어였다. 따지고 보면 언제 죽어도 이상하지 않았다. 그보다 나는 죽은 금붕어를 어떻게 하고 싶은지 생각해보았다. 단순히 썩지 않도록 냉동시켜서 보관하고 싶진 않았다. 이상한 방식으로 살았던 만큼, 그에 걸맞게 보내주고 싶었다. 통, 통. 남은 한 마리의 금붕어가 혼자 살기엔 다소 넓은 어항 안에서 의견을 구하듯 벽을 두드렸다. 좋은 생각인데. 나는 같은 리듬으로 어항을 톡톡 두드리고는 옷장에서 우주복을 꺼냈다.

"5분 뒤 감압 과정이 완료됩니다." 스피커에서 안내가 나왔다. 모두가 잠들어 있으니, 내가 실수하면 돌이킬 수 없어진다는 사실을 상기하며 우주복을 다시 한번 꼼꼼하게 확인했다. 얼마 지나지 않아 감압 완료 신호를 확인한 다음 안전줄을 고정한 뒤 해치 앞에 섰다. 그리고 천천히 해치를 열었다. 육중한 느낌과 함께 해치가 열리고, 뻥 뚫린 우주 공간이 눈앞에 펼쳐졌다. 나는 조심스럽게 움직여 해치 바깥으로 나간 뒤 우주선 옆에 달린 손잡이를 잡고 주위를 확인했다. 막막할 정도의 공간이 사방에서 나를 쳐다보는 느낌이 들었지만, 공간 사이사이에 내가 날려 보낸 그녀의 전파들이 채워져 있다고 상상하니 마음이 차분해졌다. 나는 허벅지에 달린 주머니를 열어 금붕어를 담은 작은 봉투를 꺼냈다. 금붕어는 지느러미가 살짝 얼어 부서지긴 했지만, 생각보다 원래 모습을 잘 유지하고 있었다. 나는 봉투를 뜯어 금붕어를 한 손에 쥐고, 천천히 손잡이를 놓았다. 안전줄에 의지한 채로 나는 느리게 우주선에서 멀어져 갔다. 안전줄이 절반쯤 풀렸을 때, 나는 왼손에 쥔 금붕어를 오른손으로 바꿔 잡았다. 그리고 금붕어의 머리 부분이 저 먼 어둠 쪽을 향하도록 조심스럽지만 조금은 힘있게 금붕어를 밀어 보냈다. 주황빛의 금붕어는 마치 어둠 속으로 헤엄쳐 가듯 조금씩 멀어져 갔다. 나는 날아가는 금붕어를 뒤로 하고 안전줄을 당겨 우주선으로 돌아갔다.

자리에 앉아 컴퓨터를 켰다. 역광이 비쳐 실루엣만 보이는 그녀의 사진을 변환하면서 내가 보낸 이 전파가 공간과 함께 조금씩 늘어나다가, 언젠가는 무엇인지 알아볼 수 없을 정도로 길게 늘어져버리는 모습을 상상해보았다. 어쩌면 어딘가의 블랙홀에 빨려들어 그녀가 그녀이기 위한 모든 정보가 사라져버릴지도 몰랐다. 하지만 그 모든 상상 속에서도 바뀌지 않는 사실 하나는, 이 빛들이 어딘가의 벽에 닿을 일은 없으리라는 것이었다. 내가 날린 한 마리의 금붕어와 함께 하염없이 헤엄칠 뿐이다. 문득, 한 사람을 잊기 위해 이만큼의 거리가 필요한 것이라면 우주는 생각보다 적당한 크기인 것 같다는 생각이 들었다. 나는 남은 커피를 한입에 털어 넣고, 송신 완료 창을 닫았다.

타임캡슐

이지효

'기억하시나요? 오늘은 10년 전 묻어두었던 타임캡슐을 꺼내는 날이에요.'

무심코 열어본 메일이 내게 10년 전의 어느 날에 관해 얘기하자, 그날의 기억이 마치 어제 일어난 일처럼 선명하게 머릿속에 떠올랐다. 통째로 시간을 잃었다가, 다시 찾은 그해 겨울 병원에서의 기억이.

"시간 인지 장애입니다. 시간의 원근감을 상실하는 인지 장애의 한 종류예요."

의사가 내 뇌를 스캔한 영상을 보여주며 말했다. 나는 지금 무슨 상황이 벌어지고 있는지 이해할 수 없었다. 그저 최근 들어 잦아진 건망증을 고치기 위해 가벼운 마음으로 검사를 하러 온 것뿐이었는데, 어쩌다 보니 뇌 스캔본을 앞에 두고 내 뇌에 생긴 병에 대한 설명을 듣고 있었다.

"조금 진행되긴 했지만, 아직 초기라서 치료는 어렵지 않을 겁니다. 다만 이 병은 심리 상담이 유일한 치료법이기 때문에, 일주일에 두 번씩 상담을 위해 내원하셔야 합니다. 상담 일정은 언제로 잡아드릴까요?"

의사는 모니터를 바라보며 키보드를 두드렸다.

"잠, 잠깐만요. 제가 병에 걸렸다고요? 전 그냥 건망증 상담하러 온 건데요."

의사는 안경을 살짝 올리고는 몸을 돌려 나를 바라보며 말했다.

"환자분께서 겪은 건 엄밀하게 말하면 건망증이 아니에요. 일주일 전 자료와 이틀 전 자료를 구분하지 못하는 등의 실수가 있었다고 하셨죠? 전반적인 설문 조사와 뇌 스캔 결과에 따르면, 그건 기억력이 흐려진 게 아니라 시간 감각이 흐려진 겁니다. 시간 인지 장애가 생기면, 어떤 게 더 먼 과거인지 가늠하는 능력이 감퇴합니다. 이대로 증상이 악화하면 과거뿐 아니라 미래까지, 전반적인 시간 감각 자체를 잃게 되는 겁니다.

원래는 일상이 단조롭고 뇌 기능이 떨어진 노인에게서 주로 발생하는 병이었는데, 최근에는 비교적 젊은 삼사십 대의 사무직 회사원들에게서도 종종 증상이 나타나고 있어요. 지금까지 밝혀진 바에 따르면 이 장애가 발생하는 가장 큰 요인은 일상의 단조로움입니다. 어제와 오늘, 오늘과 내일이 구분되지 않는 유형의 삶을 사는 사람에 한해 시간 감각을 담당하는 뇌의 기능이 떨어지기 시작하고, 시간의 원근감을 구분할 수 없게 되는 것이죠. 환자분께서도 그렇지 않으신가요?"

의사의 질문에 나는 아무 말도 꺼내지 못했다. 그러다 갑자기, 느닷없는 울컥함이 목까지 치솟았다. 회사 생활이 단조롭지 그럼 복잡한가? 내가 건망증을 고쳐달라고 했지, 어떻게 사는지 추측해달라고 했어? 한번 비뚤어진 심성은 관성을 받아 괜한 트집으로까지 이어졌다. 심리 상담은 보험 처리도 안 될 텐데, 일주일에 두 번씩이면 돈이 얼마야. 그리고 일주일에 두 번씩 병원 영업시간에 맞춰서 일정을 빼는 건 또 어떻고? 그쯤 되자 나는 의사의 말과 상관없이 내 상태는 내가 안다는 식의 결론까지 이미 도달해버렸다.

"……일주일에 상담 두 번은 불가능할 것 같은데요. 약은 정말 없나요?"

"약이 있긴 합니다. 하지만 증상을 늦추는 게 전부이고, 인지 능력 감퇴를 막는 것도 아니에요. 미봉책일 뿐입니다."

약이 있다는 얘기를 들은 나는 그것 보라는 마음으로 의기양양해져서, 상담 내원은 힘들 것 같으니 약만 처방해줄 수 있느냐고 물었다. 의사는 곤란한 표정을 지으며 말했다.

"치료는 빨리 받으시는 게 좋아요. 우리가 양안시여야 입체감을 느낄 수 있는 것처럼, 현재도 과거와 미래의 시간 감각 사이에 균형을 잡고 있어야 인식이 명확합니다. 그런데 시간 감각이 점점 흐려지면 결국 현재에 대한 실감도 같이 무뎌지게 돼요. 그때에는 환자분을 상담하는 것조차도 힘들어집니다. 쉽게 여길 증상이 아니에요."

타임캡슐을 보관한 회사로 가는 도로 양옆으로 벚꽃이 피어 있었다. 창으로 들어오는 햇볕과 바람이 적당히 따스하고 포근해서, 저절로 기분이 좋아졌다. 지금 와서 생각해보면 내가 그때 상담을 받지 않은 진짜 이유는 보험 처리가 안 되는 것도, 회사 생활이 바쁘기 때문도 아니었다. 그저 의사의 물음이 너무 날카로웠기 때문에, 그래서 스스로 숨어버린 것이었다. 그렇게 나는 아무런 조치도 없이 약 처방전만을 들고 병원을 나왔다. 그리고 3개월 뒤, 나는 갑작스러운 현기증과 함께 병원에 입원하게 되었다.

병원에 입원했을 때, 나는 이미 중기를 넘어선 상태였다. 입원 직전까지 내가 어떻게 회사에 '다닐' 수 있었는지 모르겠다. 심지어는 과거와 미래의 구분까지도 모호해지기 시작하면서 일주일 뒤에 가기로 한 출장 지역에 오늘 가 있기도 하고, 바이어 약속이 갑작스럽게 뒤로 미뤄진 걸 이미 지나간 걸로 처리하여 큰 손실을 볼 뻔하기도 했었다. 마치 눈을 가리고 장애물 경기를 하는 것처럼, 그때의 나는 비틀거리며 일했다.

병원에 입원하고 2주간 악화하는 상황을 지켜보기만 하던 불안과 두려움은 이루 말할 수 없었다. 선이었던 시간은 점점 줄어들어 점이 되었고, 나는 그 점 속에 갇혀 헤맸다. 분간할 수 없이 앞뒤로 밀려드는 시간 속에서 나는 길을 잃었다. 내가 인식할 수 있는 건 단지 순간순간의 행동뿐이었다. 그래서 나는 불안을 잠재우기 위해 당장 눈에 보이는 것을 했다. 컵을 떨어뜨리고, 방을 어지럽히고, 모든 투명한 물에 잉크를 풀었다. 그래야 아주 짧은 시간이더라도 흐름을 실감할 수 있었다. 그러나 당연하게도 그것은 해결책이 되지 못했다. 그저 발버둥이었을 따름이었다.

그 미로를 빠져나오는 데에 꼬박 반년이 걸렸다. 치료는 정말로 고통스러웠다. 시간 감각을 회복하는 치료 방법은 오직 한 가지였다. 분절된 과거의 기억을 모두 늘어놓고 하나하나를 시간의 실에 직접 꿰는 것. 그건 마치, 상황 카드의 순서를 맞추는 추리 게임을 수천 개의 카드로 진행하는 것과 같았다. 치료 과정에 대해 상담사는 이렇게 말했다.

"우리가 만약 시각적인 원근감을 잃었다고 해봅시다. 어떤 게 앞에 있고, 어떤 게 뒤에 있는지 전혀 가늠할 수 없다면 일상생활은 심각하게 힘들어지겠죠. 하지만 그렇다고 아예 한 발짝도 움직이지 못할까요? 그건 아닐 거예요. 왜냐하면 우리는 이미 먼 것은 가까이 있는 것에 가려진다는 사실을 경험적으로 알고 있거든요. 크기와 거리를 완벽히 가늠할 순 없어도, 볼펜에 컵이 가려졌다면 어찌 됐든 볼펜은 컵보다는 앞에 있습니다.

그것과 비슷하게 현재도 과거에 의해 가려집니다. 그걸 우리는 인과 관계라고 하죠. 깨진 컵과 깨지지 않은 컵의 기억이 혼재한다면, 인과에 의해서 우리는 시간 순서를 배열할 수 있습니다. 다만 저희는 그 작업을 환자분이 살아온 인생의 모든 기억으로 해야 한다는 것뿐이죠. 시간 감각 재활 훈련은 가까운 과거에서 먼 과거로 가도록 진행될 겁니다.

그래도 L씨 같은 회사원분들은 아직 젊어서 정신적인 체력이 좋기도 하고, 또 회사에 이미 순서대로 기록된 과거의 업무들이 있기 때문에 무작정 퍼즐 맞추듯 할 필요는 없습니다. 노인분들이 중기를 넘어서면 회복률이 30퍼센트 이하로 급감하는 이유도 거기에 있어요."

상담사는 상대적으로 쉬운 방식의 재활 훈련이라고 했지만, 사실 당시에는 그런 방식의 재활을 한 번도 겪어본 적 없는 내가 실감할 수 있는 부분은 아니었다. 다만 시간이 지나고 재활이 거의 끝날 때쯤에야 내게 동아줄이 있었다는 것을 깨달았을 뿐이었다. 그 사실을 깨달았을 때, 나는 소름이 돋았다. 만약 회사 생활에 대한 어떤 기록도 없었다면? 재활에 몇 년이 걸렸을지 모를 일이었다. 어쩌면 끝끝내 시간을 되찾지 못했을지도. 실제로 막 재활을 시작했을 때는 상담사와 대화를 나누는 것조차도 힘들었다. 분절된 문장들을 맥락에 맞춰 이해하는 것만 해도 엄청난 에너지가 들었다.

나는 수험생이 된 것처럼 내 기억을 공부했다. 회사에서 받은 업무 기록이 내 답안지였다. 처음에는 한 분기 내의 사건들을 무작위로 늘어놓고 순서를 맞추는 데에서 시작했다.

기억에는 있지만 연결되지 않는 사건들 사이의 시간 간격을 억지로 이해하기 위해, 나는 종일 서류들을 붙잡고 있었다. 그렇게 한 분기의 과거를 정리한 뒤에는, 좀 더 먼 과거로 넘어갔다. 건물을 짓듯 아주 천천히 나는 내 과거를 다시금 세워나갔다.

6년간 다닌 회사에서의 기억을 거의 정리했을 때쯤이었다. 그때까지도 나는 그저 답안지를 보며 인과의 순서를 암기하는 수준에 그칠 뿐, 시간 감각 자체는 거의 회복되지 않은 상태였다. 몇 달 동안 노력했음에도 아무런 차도가 보이지 않아서, 그때 나는 불안감 때문에 거의 미쳐버릴 지경이었다. 그러던 어느 날 상담사가 타임캡슐을 들고 왔다.

"이건 재활 훈련의 다음 단계입니다. 아직 못 느끼시겠지만, L씨는 가장 힘든 구간을 이미 지났어요. 재활하는 환자들은 하나같이 어느 시점의 과거에서부터 시간 감각을 폭발적으로 회복합니다. 그 시점은, 어제와 오늘과 내일의 기억이 서로 교환 불가능해지는 순간이죠. 재활 훈련을 가까운 과거에서부터 시작하는 건, 어려질수록 기억의 순서가 명확해지기 때문이에요.

예를 들자면, 첫사랑 같은 것들요. 시간 감각이 흐릿한 지금도 '첫'사랑의 기억만큼은 확실하잖아요, 그렇죠? 처음이 자주 찾아오던 그 시점에 도달하면 과거를 기억하는 훈련은 사실상 끝납니다. 그다음부터는 미래를 상상해야 해요. 이 병의 본질적인 치료는 결국 과거를 기억하고, 미래를 기대해서 그사이의 현재를 새롭게 만드는 거니까요. 그리고 이 타임캡슐이 과거와 현재, 미래를 잇도록 도와줄 겁니다."

상담사의 얘기를 들을 당시에는 그 얘기가 그저 뜬구름 잡는 소리라고 생각했다. 매일 새로워야 한다니, 요즘 시대에 그런 사람이 대체 어디 있나? 그래도 나는 타임캡슐에 무언가를 넣었다. 10년 뒤가 아니라 병원을 퇴원하는 나를 기대하며. 재밌는 사실은 상담사의 말대로 일주일 뒤부터 내 병세가 빠르게 차도를 보였다는 점이다. 내 경우에는 대학 때의 경험들이 분기점이었다.

나는 주차장에 세워둔 차에 앉아 직원에게서 건네받은 작은 알 모양의 타임캡슐을 바라보았다. 매끈한 회색의 캡슐 위쪽에는 조그마한 열쇠 구멍이 있었다. 무엇을 넣어야 할지 몰라 고민하던 내게 상담사는 슬픈 기억이든, 기쁜 기억이든 교환하기 아까운 기억을 넣으라고 했다. 이 기억을 놓치기 싫어서라도 과거로 돌아가고 싶지 않다는 그런 것. 그때 내가 여기에 뭘 넣었었지? 기억나지 않았다. 그때 내게 교환 불가능할 만큼의 기억이 있었던가? 나는 작은 상자에 담긴 열쇠를 꺼내어 열쇠 구멍에 꽂았다. 그리고 침을 한 번 삼킨 뒤, 열쇠를 돌렸다.

캡슐 안에는 돌돌 말린 작은 사진 한 장이 들어 있었다. 나는 사진을 펼쳤다. 펼친 사진 속에는, 번지점프 성공 증서를 들고 어색하게 브이를 그리고 있는 스무 살의 내가 있었다.

전혀 예상하지 못한 사진을 보자 나도 모르게 웃음이 터져 나왔다. 웃음은 한참이나 이어졌다. 그때의 내가 고작 번지점프 성공한 게 억울해서라도 과거를 기억하려고 했었다니. 너무 웃어서 눈물이 날 정도였다. 간신히 진정하고 손수건으로 눈물을 닦으며 사진을 정장 안주머니에 집어넣었다. 타임캡슐을 찾으러 오길 정말 잘했다는 생각이 들었다. 차에 시동을 걸며, 이제는 정말로 이 사진이 돌아가기 싫은 이유가 된 것 같다고 느꼈다.

 1997년 7월 6일 수원 출생. 문예창작학 전공, 물리학 복수전공으로 동국대학교를 졸업했다. '제8회 과학소재 장르문학 단편소설 공모전'에서 〈오토마티즘〉으로 최우수상을 수상하며 데뷔했다. SF를 주로 쓴다.

펭귄의 목소리

데이나

"'눈'은 앞뒤 설명이 충분하게 있어야 해."

세현의 눈을 바라보며 다시 입을 뗐다.

"하늘에서 내리는 '눈'과 사람의 '눈'이 헷갈리지 않게."

"인혜의 눈, 예쁘다. 이렇게?"

"그래, 그렇게."

사람들이 흘깃흘깃 우리를 보고 지나쳐갔다. 우리의 두 목소리만이 카페를 가득 메우고 있음을 깨달은 나는, 목소리를 점점 더 작게 흘려보냈다. 시간이 꼭 우리를 기준으로만 흐르는 것만 같았다. 타인의 시선에 등이 조금 축축해져 갔다. 그러나 세현은 의식하지 않는 듯, 또는 자신의 목소리가 얼마나 크게 들리는지 모르는 듯, 더 큰 소리로 대답하였다. 오늘은 세현에게 말을 가르쳐주기로 한 날이었다.

"세현아, 우리 이제 가야겠다. 벌써 강의 시작할 시간이야."

나는 시계를 바라보고 다듬은 눈빛으로 세현을 보았다. 세현은 느리지만 단호한 나의 목소리에 자기 신발 끝을 바라보며 좌우로 고개를 흔들더니 커피잔을 매만졌다. 이제 곧 강의가 시작될 것이었고 지금부터 채비해야 했다. 정말 가야 할 시간이 된 것이다. 내가 잠자코 기다리며 빤히 쳐다보자 세현은 뭉그적거리며 일어났고, 카페를 나선 순간부터 함께 뛰었다. 적막으로 가득 찬 강의실의 문을 박차고 열었다. 군데군데 의자는 비어 있었고, 일부 학생은 어제 밤을 새웠는지 비몽사몽이었다. 그런 학생들을 제외하면 나머지는 조용히 앉아 있었고, 교수님은 서서 아무 말도 하지 않았다. 학생들은 허공을 쳐다보고 있을 뿐이었다. 교수는 수업을 시작하려다가 멈칫했다. 나를 지나칠 뻔했다.

"인혜, 출석?"

교수님은 오랜만에 입을 여는지 갈라진 목소리로 물었다.

"네."

구식 노트북을 들고 온 것도 나뿐이었다. 중고등학교 때만 해도 모두 이런 노트북을 썼는데. 나는 수업을 듣기 위해 구식 노트북 말고도 샛노란 금속 튜브를 꺼냈다. 그 튜브에 이어폰을 꽂고 버튼을 눌렀다. 재빨리 이어폰의 플러그를 귀에 꽂았다.

이어폰 밖, 강의실엔 적막만이 흘렀다. 그게 오늘따라 낯설어서, 나는 학창 시절을 생각했다. 모두가 이런 구식 노트북을 들고 왔고, 이런 노란색 금속 튜브를 굳이 꺼낼 필요가 없었다. 교실엔 활기가 넘쳤다. 분필이 칠판에 부딪히는 소리, 똑똑한 친구의 발표하는 소리. 딱딱한 기계음만 있는 것이 아니라, 교실에는 여러 소리가 모여 있었다. 공부하는 데에 친구들 떠드는 소리가 방해되어 다들 조용히 했으면 좋겠다고 생각했는데 얼마 지나지 않아 그 소음마저 그리워하게 될 줄은 몰랐다.

그에 비해 강의실에는 샛노란 튜브 상자에서 나오는 기계음만 들렸다. 일정한 세기, 일정한 높이로 어색한 말투를 재생하는 소리. 그것도 나에게만 들리는 소리였다. 그때였다.

"···혜 학생, 인혜 학생?"

"네?"

"인혜 학생, 오늘 이상."

다른 생각을 하고 있다가 교수님이 부르는 소리에 퍼뜩 정신이 들었다. 평소와 달리 내 손이 멈춰 있었고, 적막을 느낀 교수가 말을 걸었다. 그래, 다시 정신 차리고 공부하자, 하고 마음을 다잡았다. 이번에도 장학금을 타야 했다. 집안이 어렵거나 돈이 부족해서 그런 것이 아니었다. '왜 그렇게 공부를 열심히 해? 어차피 장애인들은 특별전형 있어서 대학 쉽게 가잖아.'라든가, '인혜는 장애인치고 공부를 잘해.'라든가, 나의 한계를 규정짓는 말이 싫었다. 그것을 극복하기 위해 항상 내 능력을 증명하기 위해 부단히도 노력했다. 늘 의문을 가졌다. 저 '정상인'들과 내가 다른 것이 뭔지. 하지만 종종 내 말을 알아듣지 못하는 저 '정상인'들을 볼 때마다, 그리고 이렇게 조용한 강의실을 볼 때마다 다른 것은 오직 나뿐이라는 것을 상기했다.

내가 장애인으로 규정된 건 아주 어릴 때였다. 기술이 발전됨에 따라 신생아 때부터 교육을 위한 칩을 이식받아야 했다. 나는 그 칩을 이식받지 못했다. 선천적인 문제였다. 뇌에 문제가 있었고 그 문제 되는 부분이 하필 칩과 중요하게 교류하는 부분이라 칩을 이식받을 수 없다고 했다. 칩은 뇌 일부분처럼 작동했는데 특이한 점이 있다면 근거리에 사람이 있을 때 그 사람에게 텔레파시를 전하듯 기능하기도 한다는 것이었다. 그런 한편, 나처럼 칩을 이식받는 중에 문제가 생기거나, 태생부터 뇌에 문제가 있어 칩을 이식받지 못하는 일이 종종 있었다. 이들은 언어적 장애와 이해 장애로 인해 칩 유저와의 소통이 어려워 의료계는 새로운 장애 분류 기준을 만들었고, 그것이 '소통장애'였다.

"감사합니다."

나는 고요한 강의실을 나서며 교수에게 인사했다. 다른 학생들은 전부 눈인사를 가볍게 하고 가는 듯 보였다. 나만 이렇게 목소리를 쓴다는 게 이상하게 느껴질 때도 있었다. 어린 시절의 다른 아이들은 칩을 사용하는 게 미숙해 나처럼 목소리를 쓰기도 했기 때문이었다. 그래서 그때까지만 해도 내가 남들과 다르다는 걸 모를 수밖에 없었다. 하지만 자라면서 점점 친구들을 잃기 시작했다. 어느 순간부터 우리가 하는 대화의 초점이 조금씩 어긋나는 것 같더니, 갈수록 대화가 어그러지는 빈도가 늘어났고, 나는 점점 입을 닫게 되었다. 친구들도 점점 입을 닫았다. 나와 같은 이유는 아니었다. 칩을 사용할 줄 알게 되면서 점점 목소리를 쓰지 않게 되었기 때문이었다.

"어, 인혜?"

세현의 목소리에 사람들의 시선이 일제히 세현에게 쏠렸다. 이방인을 좇는 시선이었다. 그러나 세현이 칩을 쓴 건지는 몰라도 곧바로 시선들은 제자리를 찾아 흩어졌다. 이럴 때마다 알게 모르게 소외감을 느꼈다. 네가 뭐라고 한 것인지 묻고 싶었지만 이런 걸 묻는 건 너무 사소하고 사적이니까. 일일이 캐묻는다고 느끼지 않을까 싶어 묻지 못했다. 세현은 나에게 눈을 맞췄다. 내 눈치를 볼 때면 습관적으로 나오는 행동이었다. 칩 유저들의 눈을 맞추는 행위는 소통장애인들의 귓속말 같은 것이었다. 그러니 세현은 내 눈치를 보면서도 나를 다독여주고 싶어 내 눈을 맞추는 것이 습관이 되었지만, 가끔 그것이 부담될 때도 있었다. 나는 칩이 없어 눈을 맞춰도 소통할 수 없었다. 그래도 칩 유저들만의 행위인 눈맞춤을 나도 쓸 수 있다는 점이 유일한 위로가 되어주었다.

세현과 사귀게 된 날이 생각난다. 세현은 똑똑했다. 나랑 같이 수석, 차석을 다투는 사이였고, 게다가 내 입으로 이런 말 하긴 그렇지만, 잘생겼다. 사실 내 취향처럼 생겼다는 것에 더 가까울 것이다. 친구들은 뭐가 잘생겼냐고, 콩깍지라고 야유하곤 했으니까. 게다가 성격도 무던해 모두와 잘 지냈

다. 나는 세현과 달리 화를 잘 내고, 예민했다. 사소한 것에
짜증을 잘 내는 성격이라 내 성격을 버티는 친구들은 몇 없어
학창 시절에도 친구가 많이 없었다. 그 대신 잘 맞는 친구가
되면 내가 예민한 만큼 배려심이 깊다는 소리를 들었다. 당연
했다. 나한테 싫은 걸 상대에게 하지 않으면 되었는데, 예민
한 나는 싫어하는 것도 많으니 배려심이 많아 보일 수밖에 없
었을 것이다.

　중간고사 기간이었다. 벚꽃은 흐드러지게 폈고. 흐드러지게
핀 벚꽃잎이 흩날리는 날, 세현은 나에게 편지로 고백했다.

　인혜에게.

　인혜는 놀랍다. 늘 열심히 한다. 존경한다. 그런 인혜와 사귀고
싶다. 펭귄은 서로를 감싸서 겨울을 난다. 우리는 다르다. 그러니
겨울 올 거다. 그러면 펭귄처럼 감싸자. 따뜻해진다. 겨울을 날
수 있다. 우리의 연애가 그랬으면 좋겠다.

세현이

　문장이 생각보다 자연스러워서 편지를 읽고 놀랐다. 친절
하게 쓰려고 노력한 티가 났다. 함축적인 언어가 특징인 칩
이식자의 언어와 다르게 비유도 많이 쓴 점에서 세현이 얼마
나 간절한지 느낄 수 있었다. 펭귄 이야기는 대체 왜 나온 건
진 모르겠지만, 뭔가 메시지를 전달하고 싶었던 게 아닐까

싫어 그 모습이 귀엽게 느껴졌다. 나는 이런 이유로 깊은 고민 없이 세현의 고백을 받아주기로 했다.

세현은 뛸 듯이 기뻐했고, 나는 사실 실감이 나지 않았다. 편지가 귀엽다는 이유로 사귀어도 될까 싶었지만 사랑은 사소한 것에서 시작된다고들 했다. 사소한 게 귀여워 보이면 그게 사랑이라고도 했으니, 후회 없을 선택이었을 거야. 나는 그렇게 믿었다. 그러나 우리는 자주 다퉜다. 세현은 다정했지만, 둔감했다. 예민한 나와 맞지 않아 마찰이 생겼다. 그런데도 연인 싸움은 칼로 물 베기라고, 금방 화해했고 주로 세현이 먼저 사과하곤 했다. 내가 잘못한 것임에도, 세현은 자신이 더 조심하겠다며 자존심을 굽힐 줄 아는 사람이었다.

그런 세현에게 의지하게 된 사건이 하나 있었다. 세현의 애인이라는 이유로 친구들이 끼워준 스터디에서 내가 쫓겨날 뻔한 것이었다. 스터디를 하려 강의실을 들어가려는데 세현은 나를 막아 세웠고, 살벌한 표정으로 친구를 응시하고 있었다. 그때, 그 친구가 내게 다가왔다.

"곤란하다."

"응? 뭐가?"

내 대답에 그 친구가 한숨을 쉬며 말했다.

"느려."

칩 유저들은 소통장애인의 언어를 빌리자면 비언어적 표현으로 대부분의 소통을 다 해서 언어적 표현은 늘 이렇게 생략되어 있었고, 짧았다. 사과의 모습을 묘사할 때 소통장애인은 '빨간색'과 '동그랗다'라는 키워드가 필요한 데에 반해 칩 유저들은 '사과'라는 단어 하나면 충분했다. 그런 언어 사용의 차이 때문에 칩 유저와 소통장애인은 같은 목소리를 써도 말투가 달랐다. 그 덕분에 나는 지금 이 친구의 말을 계속해서 이해하지 못하고 있었다.

"어…. 어떤 게 느리단 거야?"

"이해 속도."

아. 나는 알 것 같았다. 나의 이해 속도가 느려 스터디의 진도가 느려진 게 문제였구나. 분위기가 험악한 이유를 알았다. 그러나 내가 할 수 있는 게 아무것도 없다는 무력감에 나는 어쩌지도 못하고 목석처럼 가만히 서 있기만 했다. 세현과 그 친구는 열띤 대화를 하는 듯 시시각각 표정이 변하며 서로를 응시하고 있었다.

"인혜, 들어가자."

결국 세현이 설득에 성공한 것인지 나와 함께 강의실에 들어갔다. 오늘은 아무런 질문도 할 수 없었다. 나 때문에 스터디 진도가 느려졌다는데, 그게 내 수많은 질문 때문임을 알아서 차마 질문을 할 수가 없었다. 가시방석 같던 스터디가 끝나자, 대화가 끝난 것이 아니었는지 세현은 다시 심각한 표정으로 친구를 마주했다.

"미안해."

내가 입을 열었다.

"나 때문에 피해를 본 것 같아 미안해. 스터디는 내가 나갈게."

세현이 눈을 동그랗게 뜨고 나를 쳐다봤다.

"인혜 잘못 아니다. 우리가 미안하다."

"세현은 설득했다. 나를."

싸우고 있는 줄 알았는데 세현이 친구를 설득하고 있던 모양이었다. 사실 나는 나를 보는 적대적인 시선에 위축되어 있었고, 스터디를 나가면 세현과 단둘이 공부할 생각으로 말을 꺼낸 것이었는데 세현은 나를 위해 설득하고 있었다. 마음이 찡해졌다.

"우리가 미안하다."

친구가 말했다. 나는 아니라고 말하면서 울었다. 울고 싶진 않았는데 이유 없이 눈물이 났다. 사실 이유가 없는 건 아니었을 거다. 이대로 쫓겨나는 건가 싶어 무서웠고, 아무도 내 편을 들어주지 않을까 봐, 내 장애가 나에게만 '장애'인 것이 아니라 스터디원에게 피해를 주는 '장애'였을까 봐 그게 미안했고, 위축되었는데, 그게 아니라니 긴장이 풀리면서 눈물이 났다.

"나도 정 모르겠는 건 세현이에게 물어보면서 진도를 맞춰볼게. 다시 받아줘서 고마워."

그렇게 스터디에서 쫓겨나지 않을 수 있었다. 세현의 공이 크다는 걸 알아서 나는 세현에게 새삼 고마웠다.

그렇게 항상 내 편일 것만 같던 세현이 언젠가 나에게 화를 낸 적이 있었다. 그날은 세현이 자기 친구들을 소개해주기로 한 날이었다. 단정히 차려입고 세현과 약속 장소에 나가니 모두가 입을 다물고 있었다. 모두가 칩 유저인 듯했다.

"안녕."

세현의 친구들이 인사했다. 내가 소통장애인인 걸 알았는지 목소리를 써서 인사해줬다. 그러고선 침묵이 계속해서 이어졌다. 간혹가다 날 의식했는지 세현과 친구들의 목소리가 들렸지만 목소리를 이용한 대화는 금방 끊기곤 했다. 오랜만에 만나 할 얘기가 많은 듯 보였다. 세현은 내 눈치가 보였는지 내게 눈을 맞추고선 목소리를 내었다.

"친구. 인턴 합격했다."

그러고선 한동안 조용했다. 그들의 수다회에 초청받지 못했다. 이 자리에서 무엇을 해야 하는지 몰라서 나도 괜히 허공만 쳐다보았다. 이럴 줄 알았으면 강의실에서 쓰던 칩 번역기를 가져올 걸 그랬다. 수업 이후에는 꺼낼 일이 없고, 낯선 칩 유저를 이렇게 많이 만난 것이 처음이라 미처 생각하지 못했다. 종종 세현이 눈을 맞추며 목소리를 내어주었지만, 오히려 세현을 통해 이야기가 통역되는 기분이었다. 나는 이 불편함을 소외감 말고 달리 무어라 설명해야 할지 난감했다.

그러다 한 친구가 목소리를 써서 세현과 나에게 질문을 했다.

"둘이 사귄다. 어떻게? 왜? 궁금하다."

세현이 나와 사귀게 된 이유가 궁금한 모양이었다. 나도 세현에게 물어본 적은 없는 내용이었기에 잠자코 있었다. 그러자 세현이 멋쩍게 웃으며 머리를 긁적였다.

"인혜, 장애인임에도 열심히 한다. 배울 점 많다. 멋있어서 고백했다."

분명 친구들은 내가 장애인인 걸 알고 있을 텐데도 세현의 입을 통해서 '장애인'이라는 단어가 나오니 기분이 이상했다. 분명 칭찬인데 불편했다. 그 단어를 비하적으로 쓴 것도 아니었는데 왜 기분이 나쁘지. 분명 칭찬인데 왜 불쾌하지. 그러나 그게 지금 당장은 중요한 게 아니니 나는 다시 이야기에 집중하기 위해 노력했다. 하지만 계속해서 세현의 말에 집중하지 못하고 잡생각이 들었다.

집에 돌아가는 길에 말을 한마디도 하지 못했다. 그 약속 자리에 관한 생각이 계속 났다. 뭐라 형용할 수 없는 불편함이 있던 그 자리. 세현이 멈춰서서 나를 빤히 쳐다보았다. 나는 나도 모르게 눈을 피했다. 이런 생각을 하는 게 꼭 세현에게 못 할 짓을 하는 것 같았다. 해선 안 될 생각을 하는 것 같았다.

"미안, 세현아. 오늘은 피곤해서 먼저 집에 가볼게."

세현은 걱정스러운 표정으로 나를 쳐다보곤 집까지 바래다주었다. 집 앞에서 헤어지고 나는 계속 그 자리에 대해 곱씹었다. 나는 왜 그렇게 불편했을까? 단순히 소외되었다고 말하기엔 부족한 찝찝함이 남아 있었다.

그다음 날이 주말이어서 다행이었다. 세현과 간만에 약속을 잡지 않은 날이었다. 그러니 세현을 만나지 않고 실컷 쉴 수 있었다. 그저 푹 쉬고 싶었다. 괜히 분란을 일으키고 싶지 않기도 했다. 언젠가는 이 불편함에 대해 말해야지, 말하다 보면 나도 내 생각을 정리할 수 있지 않을까? 그런데 언제 말하지? 적당히 타이밍을 보고 진지하게 얘기를 꺼내야겠다고 생각하면서 잠들었다.

주말 내내 잠만 잔 것 같다. 과했지만 잠이라도 많이 자고 일어나니 스트레스가 조금 풀린 듯했다. 반대로 세현은 마음이 불편한 듯 보였다. 메신저에 쌓인 메시지가 이를 방증했다. 가끔 스트레스를 받으면 내리 잠만 자 스트레스를 푼다는 걸 세현도 모르는 건 아니었다. 그러나 헤어지기 전 말 한마디도 주고받지 않았다는 것, 주말 데이트가 없었다는 게 세현에겐 큰 충격인 모양이었다. 지금이 설명해줄 타이밍인 것 같아 나는 일정이 끝나면 세현을 만나 그동안 고민한 것에 대해 말을 해야겠다고 생각했다.

세현과 같은 과이기에 교양만 빼면 겹치는 수업이 많았다. 세현을 쉽게 찾아볼 수 있었다.

"이따 수업 끝나고 잠깐 볼 수 있어? 진지하게 얘기할 게 있어서 그래."

세현은 내가 꺼낼 이야기에 대해 불안한 낯빛을 보였다. 교수님이 들어왔기 때문에 달래줄 수 없었다. 강의가 귀에 들어오지 않았다. 세현에게 이 감정을 어떻게 전달해야 할지 계속 고민했다. 내가 말하는 걸 이해할 수 있을까? 내가 좋다며 먼저 고백했고 나의 모든 부분을 이해해주던 세현이었다. 세현이라면 이해해줄 수 있을 것 같았다. 생각이 이렇게 정리가 되니, 마음이 한결 편해졌다.

강의가 끝나고 세현은 바로 내게로 달려왔다.

"인혜, 미안하다."

"뭐가 미안한데?"

"그냥…. 빼고 놀았다. 너만."

사건을 단순하게 이해하고 있는 세현 앞에서 어디서부터 어떻게 설명해야 할 지 감이 잡히지 않았다. 그게 맞긴 하지만, 그것뿐만은 아니었다고 얘기하고 싶었다. 나는 장애인임에도 열심히 한다는 소리를 듣고 싶어서 열심히 산 게 아니었다. 그냥 장애인도 다른 사람처럼 마찬가지의 능력치를 낼 수 있다는 것을 보이고 싶었을 뿐이다. 얕잡아 보이고 싶지 않았다. 세현이 했던 말이 다시 떠올랐다. 순간 짜증이 나 욱하고 말았다.

"장애인임에도 열심히 산다는 게 대체 무슨 말이야?"

"말 그대로다."

"아니, 내가 그 의미를 물어본 게 아니잖아."

세현의 답답한 반응에 말이 뾰족하게 튀어나왔다.

"나는 장애인이라서 열심히 사는 게 아니야. 그냥 잘하고 싶고 내 능력을 증명하고 싶으니까 열심히 사는 거야."

"미안하다. 의도 아니었다."

세현은 순수하게 모르는 듯했다. 나만 예민해진 것 같아 기분이 이상했다. 이 싸움을 계속하는 게 맞는지도 모르겠다는 생각이 들었다.

"그래, 그거 말고도. 약속 자리에서 왜 나만 빼고 대화한 거야? 목소리를 쓸 수도 있었잖아. 왜 그러지 않은 거야?"

"미안하다. 근데 우리도 목소리 많이 잊었다."

"나는 이럴 때마다 속상해."

나는 나의 힘듦을 토로했고, 세현은 세현과 세현 친구들 나름의 고충을 토로했다. 그렇게 반복되는 대화 중에 들어선 안 될 말을 들었다.

"목소리. 힘들다. 강요다."

세현이 지친 목소리로 말했다. 강요? 이게 어떻게 강요지. 칩 유저들이 불편하면 강요이고, 내가 불편한 건 당연한가? 그래 말마따나 내가 소통장애인이지만 '소통'을 위해서는 서로 소통할 수 있는 방법을 쓰는 게 배려이지 않을까? 내가 배제되는 건 보이지 않는 걸까? 화가 났다.

"이게 어떻게 강요야?"

어떻게 그런 말을 내 앞에서 할 수 있는 거지? 세현은 나를 좋아하는 게 맞나? 나를 이해하고 있는 건 맞을까? 내가 어떤 고통을 겪고 있는지 세현은 이해조차 하고 싶어 하지 않는 것 같았다. 배신감이 들었다. 역시 우리는 안 되는 걸까?

"내 말, 그런 뜻 아니다."

"그럼, 뭔데?"

"우리도 있다. 어려움. 너만 있는 것 아니다!"

세현이 소리를 질렀다.

"사과 나만 한다! 나도 자존심 있다! 인혜, 가끔 날 지치게 한다!"

나는 멍해졌다. 세현이 이렇게 화를 내는 건 처음이었다. 그래, 세현의 말처럼 칩 유저들도 우리를 대하는 게 쉽지는 않을 거라 생각한다. 칩 유저들이 대개 그러하듯 세현도 목소리에 익숙하지 않음을 나도 안다. 하지만 나도 속상해서 화낸 것이었다.

"소리 지르지 마! 무섭단 말이야!"

이 말을 하는데 눈물이 났다. 항상 먼저 져주고 넘어가던 세현이 이렇게 나오니 무서웠다. 이러다 진짜로 헤어질 것 같았고 나는 그게 더 무서웠다. 그저 오늘도 여느 싸움처럼 세현이 지고 넘어갈 줄로만 알았다. 우리가 왜 이렇게 싸워야 하는지도 이해가 되지 않았다. 우리가 무얼 위해 싸워야 해? 눈물이 뚝뚝 흘렀다. 그런 나를 보고 세현도 더 이상 아무 말 하지 않았다. 그저 나를 빤히 쳐다보며 눈을 맞추려 했다.

"인혜, 나를 봐."

세현이 내 몸을 자기 쪽으로 돌리며 말했다.

"인혜 무섭게 하려던 것 아니다. 억울했다. 항상 나만 참는다. 인혜 화만 낸다. 지쳤다."

지쳤다는 말에 나는 세현을 쳐다봤다.

"헤어지고 싶다는 게 아니다. 나도 사람이다. 기계 아니다."

말투가 내가 가진 번역기 속 기계음과 닮아서인지 나는 무의식중에 세현을 기계처럼 인식했던 것 같다. 생각해보면 세현이 항상 참아준 것도 당연한 건 아니었는데 내가 너무 했나 싶었다. 우리는 다음에 얘기하기로 하고, 자리를 파했다.

집에 왔음에도 핸드폰은 여전히 조용했다. 낯설었다. 우리에겐 감정을 식힐 시간이 필요했다. 세현도 세현 나름대로 상처를 받은 것 같았고, 나는 이 상황이 슬펐다. 왜 항상 의도와 결과는 일치하지 않는 걸까? 의도대로 사람들이 움직여준다면 내가 세현의 말에 상처받을 일도 없었을 텐데. 이런 생각을 해봤자 달라지는 건 없었다.

계속 싸웠던 장면이 떠올랐다. 기분이 답답했다. 환기할 게 필요했다. 밖에 나가 뛰고 나니 좀 나아지는 것 같았다. 흘린 땀을 지우려 세수하고 잠에 들기 위해 침대에 누워 오늘의 다툼에 대해 생각해보았다. 초등학교 저학년 때까지만 해도 다들 목소리를 쓸 수 있었기에 당연히 다 자란 지금에도 칩 유저들이 목소리를 쓸 수 있을 거라고 생각했다. 거기에 더해 세현은 지금까지 져주고 들어왔으니 참던 것이 억울함과 함께 폭발한 것이었겠다는 생각이 들었다.

'세현아, 뭐 해?'

자고 있는 건지 세현에게 답장이 오지 않았다. 근데 세현은 이렇게 일찍 자는 애가 아니었다. 혹시 세현이 지쳐서 나를 떠나려는 건 아닐까 불안해졌다. 헤어져도 이렇게 헤어지고 싶진 않았다. 내 잘못으로 헤어지는 건 자존심 때문에라도 용납할 수 없었다.

'내가 생각해보니까 잘못했던 것 같아서. 싸우면 항상 너만 사과한 것도 너무 미안했어. 그리고 생각해보니까 목소리를 배운 적 없는 너네들에게 내가 목소리를 쓰라고 한 것도 무리한 부탁을 한 것 같아서. 미안해.'

사과를 하자 세현에게 답장이 왔다. 내 사과를 기다리고 있었던 모양이었다.

'나도 미안하다. 말, 배우고 싶다. 가르쳐줘. 배우면 인혜와 친구들, 다 같이 놀 수 있다.'

나는 피식 웃을 수밖에 없었다. 다 같이 놀기 위해 말을 배운다는 생각이 귀엽고 기특해서. 생각해보면 당연했다. 나는 목소리가 익숙하지만, 칩 유저들은 칩으로 소통하는 것이 더 익숙하다. 그러니 목소리를 쓸 수 있어도 말하는 법을 까먹는 게 당연한 순리겠다는 생각이 들었다. 말을 가르쳐준 적도 없으면서 말하라고 하는 것이 얼마나 당황스러웠을까. 문득 자신들도 어려움이 있다며 토로하던 세현의 말을 무시했던 게 부끄러워졌다.

'배워서 나 말고는 쓸데가 없을 텐데 걱정이네. 너무 무리하지 않아도 돼.'

그러자 세현에게서 곧바로 답장이 왔다.

'무리 아니다. 배워서 인혜와 사이좋게 지내고 싶다.'

'그래, 그럼 같이 배우자. 배우겠다고 먼저 말해줘서 고마

워. 잘 자.'

'나도 고맙다. 잘 자. 사랑한다. 오늘은 펭귄의 날.'

펭귄의 날이 무슨 뜻인지 한참 고민하다가, 연애 초기에 받았던 편지가 생각났다. 펭귄처럼 서로를 감싸며 사랑하자고 했던 세현의 편지가. 우리가 서로 달라서 생길 문제를 너는 사귀기도 전에 고민했구나 싶었다. 이 싸움이 특히나 지쳤던 건 우리의 모습이 너무 달라서 앞으로도 연애할 수 있을까 하는 생각이 들었다. 그러나 우리는 펭귄처럼 감싸려고 하고 있었다. 이 사건을 기점으로 우리는 목소리로 말하는 법을 공부하게 되었다.

시간이 지나 3학년이 되었다. 나는 교직에 관심이 없어 교직 과정을 포기했지만, 세현은 나와 말을 배우고 문자 내용처럼 친구들을 가르치더니 그것이 재밌었는지 교직에 관심이 생겼다며 교직 이수를 받았다. 그리고 오늘은 교생실습을 나가는 날이었다. 세현은 소통장애 특수학교로 갔다. 소통장애 특수학교는 전국에 몇 없어 내가 졸업했던 학교로 배정되었다. 그래도 운이 좋았다. 세현은 소통장애 특수학교로 교생실습을 가고 싶어 했지만 보통 교생실습은 출신학교에서 하거나 대학 근처의 학교에서 할 수 있었기 때문이다. 그 학교에서 목소리를 쓴 말을 많이 배우고, 또 많이 경험하고 오겠다며 세현은 첫 교생실습을 떠났다.

"오늘 어땠어?"

"힘들었다. 인혜 한 명이면 말 충분. 학생 여럿, 너무 이해 힘들다. 그리고 학생들, 내 말 따라 한다. 또, 이해 힘들어 한다."

나는 웃었다. 학창 시절이 떠올랐다. 나도 친구들과 칩 유저인 선생님에게 몰려가서 말을 걸면 선생님이 당황하곤 했었다. 선생님 말씀에 따르면 과부하가 오는 것 같다고 했다. 칩 유저들은 한 번에 한 명씩 말하는 게 예의이고, 또 정보 처리 방식이 한 명은 한 번에 한 명에게만 정보를 받을 수밖에 없는 구조라고 했다. 그래서 한 명이 다수에게 정보를 전파하는 건 되지만, 다수가 한 명에게 정보를 전파하면 칩에 오류가 날 수도 있다고 해서 놀란 기억이 있다.

처음 우리 학교에 임용되어 온 국어 선생님도 생각났다. 그 선생님의 말투가 이상해서 우리는 깔깔거리며 따라 하곤 했다. 게다가 오해의 소지가 다분한 말을 앞뒤 맥락 설명 없이 해서 우리를 당황스럽게 하기도 했지만 이내 곧 의미를 파악하곤 또 선생님을 놀렸다. 그러나 수업에 들어가면, 선생님의 말씀이 함축적이고 또 진도는 어찌나 빠른지 따라갈 수가 없었다. 그래서 그 선생님이 오고 첫 시험인 중간고사 때 국어 평균만 이상하리만치 낮았다.

"참아. 다 친밀함의 표시야. 다 너를 좋아해서 그래. 인기 많네, 우리 세현이."

"놀리지 마라. 진지하다."

나는 세현의 볼을 꼬집었다.

"내가 칩 유저들 사이에서 얼마나 힘들었는지, 이제 이해하겠어?"

장난스럽게 던진 말에 세현이 매우 미안한 듯 어쩔 줄 몰라 하며 사과했다.

"미안하다."

"됐어, 너 미안해지라고 한 소리 아니었어. 생각나서 해본 소리야."

"그래도…. 그땐 미안했다."

이대로 가다간 계속 세현이 미안해하기만 할 것 같아 화제를 돌렸다.

"근데 세현아, 학생들이 널 많이 괴롭혀?"

"그렇다."

세현의 대답에 나는 곰곰이 생각해보았다. 내가 뭘 잘못 가르쳤나. 생각해보니 세현의 말투는 조금 웃기긴 했다. 기계 같은 말투. 문자에서도 항상 그랬다. 내가 그걸 지적해준 적은 없었다. 칩 유저들은 정보가 함축적으로 전달되기 때문에 말투 같은 부가적인 걸 신경 쓰지 않았다. 그래서 세현이 소통장애 학생들 사이에서 꽤 놀림거리가 되었을 것 같았다. 나는 괜히 놀린 게 미안해져 세현에게 말투를 가르쳐주기로 했다.

"우리는 말투로 기분도 표현할 수 있고, 태도를 나타낼 수도 있어. 그래서 때에 따라 말투를 바꾸기도 해. 그런 걸 배워보면 조금은 소통장애인들과 얘기 나누기도 편할 거야. 말투도 같이 공부해볼래?"

"좋다."

"우선 세현아, 이런 상황에선 '좋아'라고 해봐. 나는 구어체를 쓰는데, 너는 문어체를 쓰잖아."

그렇게 몇 달에 걸쳐 세현과 나는 말투에 관해 공부했다. 세현은 아리송해하는 부분도 많았지만, 곧잘 이해하고 따라 했다. 그제야 나의 말이 제대로 이해되는 기분이라고 했다. 그동안 내가 반어법으로 말하면 곧이곧대로 듣던 세현은 이제 내 기분을 조금 정확하게 파악할 수 있게 되었다. 그러나 여전히 문장을 수식하는 건 어려워했다. 이젠 세현의 말투가 제법 자연스러워져 문장을 수식하지 않아도 나는 의미를 유추하는 게 한결 쉬워졌다. 오늘도 말하는 법을 공부하기 위해 만났는데, 대뜸 세현이 고맙다고 인사했다.

"인혜야 고마워."

"왜? 학생들이 더 이상 안 놀려?"

"놀려해. 그러나 자주 그러진 않아."

"그게 뭐야. 여전히 놀림 받는 거잖아. 변했다고 놀라진 않아?"

"신기해해. 내 세상 넓어진 것 같아. 공부 재밌어."

뿌듯했다. 사실 나에겐 세현과 똑같이 칩 유저인 전 애인이 있었다. 그 전 애인은 내게서 항상 소통장애인의 일상을 궁금해하고 이것저것 물어봤지만, 세현처럼 정말 내 세계의 일부라도 발 담가보려고 하지는 않았다. 소통장애인의 언어를 배울 생각은 하지 않았지만, 종종 나의 말투를 따라 하곤 했다. 그러다가 부모님 앞에서 동생에게 내 말투를 따라 하다가 걸려서 혼났다며 토로하는 걸 보고 헤어졌다. 내가 웃음거리도 아니고, 그런 식으로 소비하는 게 싫었다. 그래서 처음 세현이 나에게 접근할 때 경계했다. 혹시 세현도 전 애인 같은 사람일까 봐 경계하게 되었다. 그때 세현과 전 애인을 동일선상에 두고 비교한 내 모습이 멍청하게 느껴질 정도로 세현은 나를 잘 챙겨주었고, 공부도 성실하게 했다. 나는 그 점이 고마웠다.

"세현아."

"응?"

"우리 사귈 때 썼던 편지, 이제 말도 배웠으니까 내가 이해할 수 있게 다시 써주면 안 돼?"

"그래."

사실 편지를 보고 나랑 사귀고 싶다는 것만 이해했지, 펭귄과 겨울의 이야기가 어떤 의미인지 구체적으로 듣고 싶었다. 어떤 말을 하고 싶었던 걸까? 편지가 기대되었다.

다음 날, 약속대로 세현은 편지를 들고 왔다. 내가 좋아하는 색깔인 하얀 배경에 펭귄이 그려진 편지 봉투였다. 봉투에 든 편지지에는 글자가 빼곡히 적혀 있었다. 작은 엽서에 적었던 처음의 편지와는 분량부터 달랐다.

"나 이거 낭독해도 돼?"

"여기서?"

"안 돼?"

세현은 쑥스러운 듯 곤란한 표정을 지었다. 시무룩한 표정을 지어 보이자 세현이 미안해했다.

"히히, 너 놀리는 거 재밌다. 편지는 집 가서 읽어볼게, 고마워."

"세현아, 나 말할 게 있어."

"뭔데?"

"나 사실 너희 부모님께 연락이 왔었어. 헤어지라고."

"뭐? 근데 왜 말하지 않았어."

"네가 걱정할까 봐."

세현은 안절부절못해 했다. 나에게 미안해하는 듯 보이면서도 또 불안해하는 것 같기도 했다.

"그걸 왜⋯. 헛된 생각하지 않지? 나 너랑 안 헤어져."

"당연하지."

그동안 세현에게 말하거나 티 내지는 않았지만, 세현의 부모님이 내 번호를 어떻게 알았는지 헤어지라며 연락을 해왔었다. 요즘 따라 세현이 목소리를 쓰고 소통장애인의 말투를 쓰는 걸 보며 이상하다고 생각했는데, 내가 옆에 있어서 그런 거였다며 그들은 화를 내며 날뛰었다. 나는 내가 장애인인 것이 세현의 앞길을 막기 때문일까 싶어 이 연애에 자신이 없어졌었다. 나를 안 좋게 보는 시선은 날 위축되게 만드니까.

이런 상황이 왜 이렇게 데자뷔처럼 느껴질까 생각해보니 스터디에서 쫓겨날 뻔한 날이 생각났다. 그때도 나의 장애를 방해물로 지적하며 나를 배제하려는 사람들이 있었다. 사실 이러한 사람들은 계속해서 있었을 것이다. 다만 그러한 생각이 티 나지 않도록 하기에 없는 것처럼 보였을 뿐이었겠지.

우리 학교 설립 당시에 대한 무용담을 들을 때마다 빠지지 않는 이야기가 있다. 우리 학교는 세워지지 못할 뻔했다는 이야기다. 일부 칩 유저들 사이에서는 소통장애인 곁에 있으면 칩이 불량을 일으킨다고 믿는 사람들이 있었다. 그렇기에 학교를 세우려는 곳마다 반대 시위가 있었다. 그러나 시의회는 소통장애인들의 손을 들어줬고, 덕분에 우리 학교가 세워질 수 있었다고 했다.

하지만 나는 안다. 세현과 같은 사람이 세상에 있다는 걸 안다. 나의 세상을 이해하려고 발을 내디뎌주는 사람이 있고, 변화하려고 애쓰는 사람이 있다는 걸 안다. 그런 사람들이 모이고 모이면, 세상은 그렇게 조금씩 바뀌는 것일 거라고 믿고 싶다.

"사랑해."

불안해하는 세현을 달래기 위해 아무 얘기나 꺼낸다는 게 이런 낯간지러운 말이 나와버렸다.

집에 와 세현이 쓴 편지를 펼쳐보았다. 필체는 정갈했다. 나는 글씨 못 쓰는데, 이런 거 볼 때마다 신기하단 말이야. 나는 그런 생각을 하며 찬찬히 읽어 내려갔다.

사랑하는 인혜에게

그 편지를 기억하고 있을 줄은 몰랐습니다. 그 편지는 성의 없어 보였겠습니다. 다시 쓰려니 떨립니다. 우리는 서로 다릅니다. 그렇기에 어려움이 존재할 수 있습니다. 저는 그것이 당신에게 어려움을 줄 것 같아 걱정됩니다. 우리에게는 과연 따뜻한 봄이 올까요? 우리가 서로를 온전히 이해하게 될 날이 올까요? 사실 우리는 남극 한가운데에 있어 봄이 오지 않는 건 아닐까요?

남극에는 6개월에 달하는 해가 뜨지 않는 겨울이 옵니다. 남극의 펭귄은 그런 겨울이 오면, 둥글고 빽빽하게 뭉쳐서 그 겨울을 버텨냅니다. 가장 따뜻한 가운데 자리는 새끼 펭귄들의 몫이고, 가장 추운 외곽의 펭귄들은 교대로 자리를 바꾸며 추위를 버팁니다. 봄이 없는 남극 대륙에서의 펭귄들은 무얼 위해 그렇게 버티는 걸까요.

아마 봄을 기다리기 위해서겠죠. 펭귄은 차가운 남극의 봄일지라도 그것도 봄이라며 봄을 기다리는 것입니다. 그러니 우리도 기다립시다. 당장 봄이 오지 않을지라도 펭귄처럼 뭉쳐서 버텨 냅시다. 당신이 걷는 험한 길을 같이 걷겠습니다. 그 과정마저 사랑하겠습니다. 함께 보듬어주고 따뜻한 자리를 서로에게 양보하면서 버텨 냅시다. 오지 않을지도 모를 봄을 희망하고 인내합시다. 항상 한겨울의 펭귄처럼 당신의 곁에 있겠습니다.

당신을 아끼고 사랑하는 세현이

지느러미는 날개를 닮았다

데이나

나는 어린 시절부터 많이 넘어졌다. 어릴 때는 아직 어리니 발에 힘이 들어가지 않아서라고 생각했다. 그러나 자라면 자랄수록 넘어지는 횟수가 늘어나더니, 어느 날 다리가 푸른 비늘로 뒤덮였다. 하지만 나는 인간 부모님 사이에서 태어난 인간이었다. 그래서 부모님은 자주 넘어지는 게 인어이기 때문일 거로 생각하지 않았다. 그도 그럴 것이, 나는 다른 인어들이 발현되는 시기보다 늦게 인어가 되었다. 고등학교 개학을 앞둔 날, 날 깨우러 들어온 엄마는 이불을 걷어 젖히고 놀랐다. 단아가 인어였다니! 엄마는 엉엉 울었다. 그 소리를 듣고 출근 준비하던 아빠도 내 방문을 열어젖히고 들어왔다. 그러고는 내 다리를 봤다. 아이고, 우리 단아에게 뭐가 부족해서 이런 일이 일어났나요, 불쌍한 우리 단아. 하지만 나는 울지 않았다. 나는 바뀐 게 없다고 생각했기 때문이었다. 평소에도 자주 넘어졌고, 물속에 있는 걸 좀 더 좋아했다. 부모님도 여전한데, 왜 저렇게 슬퍼하는지 알 수 없었다. 인간으로 태어나 인간으로 자라난 내게 인어 다리는 많이 불편했지만, 내가 인어라니, 그렇다면 이제 물속에서 조금 더 자유로워질 수 있는 것 아닐까? 나는 오히려 설렜다.

인어로 발현되고 예약일에 맞춰 정형외과에 찾아갔다. 자주 넘어져 예약했던 정형외과에 인어인 꼴로 갔지만 의사는 놀라지 않았다.

"어쩐지 다리가 지느러미일 것 같았어요."

다만 인어를 발견한 의사나 교사는 정부에 보고할 의무가 있기에 보고를 할 것이며, 조만간 정부에서 서류 몇 가지가 갈 것이라고 했다. 아마 그 서류들은 인어인 자신을 어떻게 보살피고, 정신건강을 어떻게 케어하는지에 대한 설명일 것이라고도 했다. 부모님은 내 휠체어를 끌고 집으로 향했다.

의사의 말대로 서류 몇 가지가 왔다. 그 서류에는 정신건강을 담당해줄 보건소 직원을 파견할 것이라고 적혀 있었다. 서류에 적힌 보건소의 전화번호로 연결해서 편한 날짜와 시간을 말하면 된다고 했다. 나는 핸드폰을 들어 보건소 전화번호를 눌렀다. 뚜르르- 뚜르르- 찰칵.

"네, 여보세요?"

무미건조한 목소리를 듣고 차근차근 내가 어떤 상황이고, 어떤 서류를 받았으며, 어떤 이유로 전화하게 되었는지 설명했다. 담당 직원인 거 같은 사람은 타자 소리를 내더니, 알겠다고 하곤 전화를 끊었다. 별거 아니네, 하고 다시 침대 위에 누웠다. 어디에 걸어 다니고 싶은데 이 다리로 기어 다녔다간 인어인 꼴을 들키고 말 것이다. 시선이 자신에게로 집중되는 건 세상에서 제일 싫었다. 수영장. 수영장에 가고 싶었다.

"엄마, 나 수영장에 가고 싶어요."

엄마는 잠깐 표정이 일그러졌다.

"너는 그 꼴로 밖에 나가고 싶니?"

"아니에요, 엄마…. 미안해요."

"너 지금 인어 됐어. 인간이 아니라."

엄마는 여전히 날 서 있었다. 사실 지금껏 잘 못 걷는다며 늘 부진아 취급을 당하던 게 내 위치였다. 뭘 바랄까? 심지어 인어 따위나 됐는데. 그게 내 잘못이 아니라는 건 알았다. 나를 이렇게 낳은 부모님의 잘못은 더더욱 아니었다. 누구의 잘못도 아닌데 내가 죄책감 갖는 건 이상했지만, 그래, 이상하다. 근데 이 죄책감은 어디서 오는 걸까. 엄마 아빠는 죄책감도 없이 사는데.

✳

엄마는 어떤 단체에서 인어의 다리를 인간의 다리로 바꿔 준다는 광고를 보고선 나를 떠올렸다고 했다. 내 다리만 멀쩡해져도 우리는 다시 사이좋은 가족이 될 수 있을 것 같았다고. 나를 위해서라면 뭐든 할 수 있다는 우리 엄마.

"단아야, 교정 수술 받자."

"응…? 그거 불법이잖아요."

"뭐 어때, 어디서 해준다더라. 그것만 받으면 너도 인간처럼 살 수 있어."

나는 잠시 생각했다. 내가 인어가 된 시점부터 나는 인간이 아니었던 걸까? 엄마는 왜 이토록 인간다움에 집착하는 걸까.

"엄마 그런 사람 아니었잖아요."

"단아야. 엄마 말 들어. 언제까지 그 징그러운 비늘 달고 살래? 비늘 떨어지는 거 치우는 것도 얼마나 힘든 일인 줄 알아?"

그제야 왜 엄마가 이토록 교정 수술에 집착하는지 알 것 같았다. 엄마가 미워졌다.

다음 날, 엄마는 외출준비를 마치고 나를 와락 안아 올려서 차에 실었다. 휠체어도 없이 나는 뒷좌석에 눕게 되었다.

"엄마! 어디 가요?"

어디 가는지 말도 안 하고 엄마는 페달을 밟았다.

도착한 곳은 창고 같은 곳이었다. 체념했다. 내가 이렇게 수술받게 되는구나. 차라리 수술이 잘못되어서 내가 죽어버렸으면 하고 생각했다. 하지만 문이 닫히고,

"야, 인어 실어!"

수술을 집도하는 사람처럼 보이는 사람이 큰 소리로 외쳤다. 딱 봐도 평범한 의사는 아니었다. 나를 납치하려고 하자,

엄마는 생각 못한 상황에 당황한 듯 손에 집히는 대로 물건들을 납치범에게 집어 던지며 나에게서 납치범을 떼어놓으려고 했다. 나는 스스로 생각해도 이상할 만큼이나 침착했다. 어쩌면 무기력한 것에 가까울지도 몰랐다. 내 의사가 아닌 채로 끌려온 것이 납치와 똑같아 보였다. 엄마는 초인적인 힘을 발휘해 나를 그 공간에서 탈출시켰다.

차 안에서 울면서 엄마가 말했다.

"미안해, 단아야. 미안해."

엄마는 놀란 듯 보였다. 엄마를 용서해야 할지 말아야 할지 고민했다. 결국 그냥 넘어가기로 했다. 엄마는 그냥 그런 사람이었으니까. 엄마도 힘드니까 그랬겠지. 나만 사람이었으면 이럴 일도 없었을 텐데, 내가 괜히 태어나서 이렇게 되었구나. 집안의 불행은 내가 몰고 왔구나.

그날 나는 종일 방문 밖으로 나오지 않았다. 밥도 먹지 않았다.

"유단아, 자꾸 이런 식으로 시위할래?"

오전까지만 해도 울면서 사과하던 엄마가 화를 냈다.

"미안하다고 했잖아. 웬만하면 좀 나오지? 나더러 죄책감 느끼라고 그러는 거니?"

"엄마는 그런 일을 겪고도 반성이라는 걸 하지 않는 거예요? 제가 언제 한 번이라도 엄마 말을 거스른 적 있었나요? 저는 지금까지 착한 딸이었어요. 근데 엄마는 저한테 왜 그러는 거예요? 절 구한 것도, 설마 괴롭힐 사람이 없어지는 게 싫어서였나요?"

방문 밖에는 잠시 침묵이 흘렀다.

"유단아. 그게 무슨 말버릇이야? 괴롭힐 사람? 엄마가 널 괴롭혔다고? 너 말 잘했다. 너 어디 간다고 하면 기사처럼 데려다줘, 휠체어 밀어줘, 뒷바라지 다 하는데 엄마한테 그게 할 소리야? 그래 밥 먹지 마, 어디 한번 갈 데까지 가보자고. 나오지도 마!"

눈물이 났다. 가장 놀란 사람은 난데, 엄마는 왜 이런 식으로 나오는 거지. 물론 나도 말실수를 하긴 했지만, 나를 달래주는 게 우선 아니었을까. 엄마는 나를 사랑하지 않아. 엄마는 나를 미워해. 엄마는 나를 괴롭혀. 괴롭힐 사람이 없어지는 게 싫어서 나를 구한 걸 거야. 그러면서도 동시에 그런 생각이 드는 자신이 불효녀 같아서 도저히 견딜 수가 없었다. 집은 내 쉼터가 아니었다.

엄마와 싸우고 나는 집 안에서 열심히 휠체어 굴리는 법을 연구했다. 하지만 손에 힘이 없는 나로서는 내 몸무게가 온전히 실린 휠체어를 미는 게 무리였다. 집 안이 답답해지니 나가고 싶었다. 엄마가 없는 틈을 타서 양 겨드랑이에 목발을 끼우고 몰래 외출을 감행했다. 목발 정도는 짚을 수 있을 것 같았다. 밖에 나가는 건 쉬운 일이 아니었다. 갖은 경사로에서 넘어지지 않도록 노력해야 했고, 지느러미를 가리고 있는 담요가 떨어지지 않게 신경 써야 했다.

"어, 인어다!"

한 아이가 천진난만하게 웃으며 나를 가리키고 있었다.

"쉿, 조용히 해."

아이의 엄마로 보이는 사람이 말했다. 나는 그 말을 듣고 얼굴에 열이 오르는 게 느껴졌다. 남들과는 다른 모양을 지녀 눈에 띄는 게 부끄러웠다. 그 모습에 스스로 화가 나기도 했다. 게다가 상대는 아이였다. 아이가 악의적으로 인어라고 외친 건 아닐 것이었다. 그러나 엄마의 반응은… 인어라는 게 왜 조용히 해야 할 단어지? 자랑스러워할 만한 단어는 아니었지만, 그렇다고 숨길 단어도 아니라고 생각했다. 생각이 거기까지 닿자 내가 불편해한 이유를 어렴풋이 알 것 같았다. 인어라는 건 물에서는 자랑스럽다가도 뭍에서는 부끄러운 것이었다. 왜 뭍에서는 부끄러워야 하는 걸까. 내가 남들과 다른 모양새를 가졌기 때문에? 내가 걸어 다닐 수 없어서? 왜 걸어야만 인간이 되는 걸까. 하긴 엄마가 교정 수술을 하려 했던 것만 봐도 인어는 인간 취급받을 수 없는 사회였다. 생각이 거기까지 미치자 화가 났다. 손에 힘이 없어 휠체어 바퀴조차 스스로 굴릴 수 없었다. 남의 손에 자신의 처지를 위탁해야만 하는 상황이 환멸 났다. 여기서 누군가 자신을 버리고 간다면… 나는 그대로 버려진 채로 있겠지. 나는 생각할 수 있으나 행동할 수는 없는 사람이었다. 이런 걸 사람이라고 부를 수 있나? 그래서 나는 인어인가? 사람이었다면 인어(人魚)가 아니라 어인(魚人)이었을 것이다. 그러나 나는 인어라고 불렸다. 본질적으로 나는 사람이 아닌 걸까? 사람이 되려면 어째야 하는 걸까? 그러나 이러한 고민을 털어놓을 친구가 없었다. 내가 털어놓는 게 별거 아닌 고민이면 어쩌지. 인간도 인간 나름의 고충이 있을 텐데, 인어는 이유로 이런 고민을 공상하는 거로 생각하면 어쩌지. 이런 생각을 해서 뭐해, 생각을 떨쳐내기 위해 머리를 저었다.

※

그날은 평화로운 휴일이었다. 햇살이 내리쬐고 나른한 오후였다. 이제 엄마와 데면데면했지만, 겉으로 보기엔 그렇게 문제가 없어 보이는 사이가 되었다. 무료함에 노트북을 펼쳤다. 미국 드라마를 보다가 문득 영어모임에 가입하고 싶다는 생각이 들었다. 사람 만날 일이 없으니 심심하기도 했고, 영어를 본격적으로 공부하고 싶어져 영어모임을 검색해봤다. 그중 휠체어 탄 사람이 단체 사진에 있는 영어모임을 찾았다. 혹시나 인어이지 않을까 하고 자세히 봤는데 알 수는 없었다. 그래도 내 모습이 튀지는 않겠구나 싶어 이 모임에 가보고 싶어졌다.

"엄마, 나 영어모임 다니고 싶은데 다녀도 돼요?"

"그걸 왜 나한테 물어?"

"저 휠체어를 움직여줄 사람이 없잖아요."

"그래, 다녀. 대신 엄마는 데려다만 주면 되는 거니?"

"네! 고마워요, 엄마!"

웬일로 엄마가 내 의견에 호의적인 반응을 보였다. 싸우고 시간이 아무리 지났어도, 아직 나를 미워할 줄 알았는데 아닌 모양이었다. 아무래도 공부하는 모임이라 그랬을 수도 있었겠지만 그게 중요한 건 아니었다. 조금이라도 자유로워질 수 있는 시간이 생기는 게 중요했다. 엄마는 나를 데려다만 주고, 집에 왔다가 모임이 파할 시간이 되면 알려달라고 했다. 그러면 데리러 오겠다고.

영어모임에 갔는데 사진 속 휠체어에 앉아 있는 사람이 있었다. 나는 그 사람이 단지 보행장애인인 줄 알았다. 그 사람의 발표순서였는지, 그 사람은 능숙하게 휠체어를 이끌더니 연단에 섰다.

"저는 미루입니다. 그리고 인어죠. 저를 포함한 우리 모임은 차별을 지양합니다. 그것이 장애인이든, 인어든, 성소수자든, 우리는 모두를 환영합니다."

미루가 무릎을 덮은 담요를 거두자 녹푸른 지느러미가 드러났다. 나는 용기를 내어 자신을 드러낸 미루에 대한 존경의 의미로, 미루의 이야기에 지지한다는 연대의 의미를 담아서, 내 이야기도 해야겠다고 생각했다.

"이 모임이 처음인데, 여기서 이런 환영을 받게 되어 너무 기뻐요. 사실 저도 인어거든요. 우울증도 있고요. 이런 멋진 모임을 알게 되어 영광입니다."

그러자 미루가 와서 안아줬고, 주변에 있던 사람들은 손뼉을 쳤다. 알 수 없는 감정이 올라와 울컥했다. 밖에서 내가 이렇게 환영받은 적이 있던가? 이런 걸 밝혀도 괜찮았나? 인어라고 주목받고, 휠체어 타고 대중교통에 있기만 해도 자리를 좁게 만들었다며 눈총받곤 했다. 인어인 걸 밝히면 사람들은 못 볼 꼴을 본 것처럼 인상을 찌푸렸다. 심하면 코를 막기도 했는데 그건 인어에게서 비린내가 날 거라는 편견에 기인한 행위였다. 나는 이런 차별 없는 단체가 마음에 들었다. 앞으로도 이 모임에 자주 나와야겠다고 생각했다.

띠롱-.

집에 가는 길, 메신저 알람이 울렸다. 영어모임에서 이번 주 주말에 같이 브런치 먹을 사람을 구하고 있었다. 나도 가겠다고 했고, 미루도 오겠다고 했다. 그러면서 미루가 나에게 사적으로 연락을 보냈다.

"물고기의 지느러미는 날개 같아. 너무 얇고 가늘어서 절대 하늘을 못 나는 날개."

"우리는 땅에서조차 못 걷잖아. 날 수 있을 리가."

나는 미루의 말을 이런 싱거운 말로 받아냈다.

"나머지 이야기는 우리 브런치 먹는 날에 하자."

그 얘기를 듣고 미루와 인어끼리만의 대화할 생각에 들떠 있었다. 그러나 당일에 미루는 오지 않았고, 실망했다. 다른 사람들은 나에게 친절하게 대해줬고, 금세 미루가 오지 않았다는 사실 잊어버리게 되었다. 사정이 있어서 못 온 거겠지.

✱

나중에 미루를 따로 만날 수 있었다. 동네 수영장에서 미루와 종종 만나 동네 수영장에서 같이 헤엄치곤 했다.

"너 전에 왜 안 왔어?"

미루에게 궁금했던 것을 물어봤다.

"아… 좀 힘들어서. 지금은 괜찮아. 근데 너는 언제 인어라는 걸 알게 되었어?"

미루가 대화의 방향을 틀었다.

"나는 고등학생 때."

"되게 늦게 알았네…. 힘들진 않았어?"

"음…. 처음에는 믿기 힘들어했던 것 같아. 근데 생각보다 괜찮았어. 인어라고 내가 넘어지지 않는 건 아니었으니까."

"그랬구나…."

그렇게 대답하는 미루의 표정은 좋지 않았다. 차마 왜냐고 물어볼 수는 없었다.

"아, 근데 힘든 건 있었어. 엄마가 교정 수술에 꽂혀서 갔는데, 글쎄 인어 컬렉터였지 뭐야."

"진짜? 나도 인어 컬렉터 만난 적 있어. 내가 예쁘다며 접근했는데, 알고 보니 인어 컬렉터더라고."

"진짜 싫어, 그런 사람들."

그 이후로 다양한 이야기를 미루에게 털어놓았다. 그럴 수 있었던 건, 아무도 공감 못 해줘서 할 수 없었던 얘기를 같은 인어여서 공감해줄 수 있는 존재였기 때문이었다. 그래서 말했다. 어린 시절 넘어질 때부터, 집에서 처지가 좋지 않았다는 것부터, 가끔 부모님이 화나면 엄마는 나더러 죽으라고 하기도 했던 것을. 미루는 얌전히 내 말을 들으면서 그저 토닥여줬다. 그 토닥임이 나에게는 자신도 공감한다는 의미처럼 다가왔다.

"너무 힘들었어…."

그리고 나는 울었다. 그동안의 설움이 터져 나왔다. 남 앞에서 이렇게 울어본 게 얼마 만이더라? 이해받는다는 감정이 나를 보듬어 안았고, 손길이 닿은 상처가 쓰라려서 울었다. 내가 묻어놓고 있던 상처였다.

미루와 나는 자주 만나 서로 고민을 공유했고, 그 과정에서 치유 받는 것을 느꼈다. 미루는 내게 의지가 되어주는 사람이었다. 배울 점이 많은 어른스러운 사람이었고, 올곧다고 느끼는 사람이었다.

가끔 미루는 편지를 써주기도 했다. 내가 마지막으로 미루를 본 날이었다. 미루는 외로울 때 보라며 내게 편지 한 통을 건넸다. 그 편지가 미루의 마지막 말이 될 줄은 몰랐다. 그 편지를 열어보면 미루가 떠난 걸 받아들여야할 것 같아서 한참이나 열어볼 수 없었다.

*

한동안 모임에 나갈 수 없었다. 나가면 미루의 흔적이 보일 거 같았다. 생각도 하기 싫었다. 미루가 없는 모임. 전적으로 미루 덕에 모임에 나왔고, 미루가 있어서 심심하지 않았다. 미루가 있어서 삶이 다채로웠고, 미루가 있어서 이 세상에서 중심을 잡을 수 있었다. 그러나 더 애도하다간 내가 침몰할 것 같았다. 용기 내어 오랜만에 영어모임을 나가야겠다고 생각했다.

"엄마, 오늘 영어모임 있는데 가도 돼요?"

"뭐? 평소에 얌전히 있다가 갑자기 왜!"

"집에만 있으니 찌뿌둥해서요…."

"에휴. 그래 가자, 가."

나는 눈치를 보며 엄마의 차를 타고 영어모임 장소로 향했다. 엄마가 밀어주는 휠체어에 앉아, 모임에 출석했다. 그리고 엄마는 다시 집으로 갔다. 이따 데리러 올게, 하는 말을 남기고. 걱정한 것보다 모임의 분위기 밝아서 안심했다. 다들 침체되어 있으면 미루가 생각날까 봐 걱정했는데 다행이었다. 그때 미루가 죽은 것을 특별히 슬퍼한 회원이 내게 다가왔다.

"그때 인어라고 하셨죠?"

"아, 네."

"이름이 뭐예요?"

"단아예요, 유단아."

"오, 이름 예쁘시네요. 혹시 아이스크림 좋아하세요?"

"네, 그건 왜요?"

"아니, 혹시 우리 집 앞에 맛있는 젤라토 가게가 있는데, 가볼래요?"

자신의 이름은 상호라고 소개한 그 회원은 나와 말을 트자

반말까지 하려 했다. 자꾸 다가오는 이 사람이 부담스러웠다. 나는 그렇게까지 친해지고 싶지 않았는데 다가오니까. 그러나 밀어낼 수는 없었다.

"근데 미루 죽고 괜찮았어요? 같은 인어였잖아요."

상호가 미루 이야기를 꺼냈다. 미루와 친해 보였던 사람이었던 만큼 내가 거절하기 힘든 사람이었다. 그리고 미루가 죽을 때 그렇게 슬퍼했던 사람이 내게 이상한 목적을 가지고 다가오진 않았을 것 같았다. 미루가 죽었을 때 어땠냐는 질문은 내게 힘든 질문이었지만, 그래도 대답했다. 나를 이렇게 이해해줄 사람이 또 어딨을까 싶어서.

"사실은 외로웠어요. 그 자리를 미루가 채워줬는데 죽으니 힘들더라고요. 네, 힘들었어요."

"종종 저랑 같이 수영장도 같이 가요. 미루도 수영장 가는 거 좋아했잖아요. 저랑도 종종 같이 갔거든요."

의아했다. 미루는 한 번도 상호 얘기를 꺼낸 적이 없었고, 미루와 같이 간 수영장에서 상호를 마주쳐본 적이 없었다. 그러나 상호가 그렇다니 그런 줄로만 알았다. 집에 가볼 걸 하고 울던 그 사람인데, 그만큼 서로 애틋했나, 하고 생각했다.

영어모임이 끝나고 상호는 엄마가 이끄는 차가 있는 곳까지 휠체어를 밀어주며 같이 기다려줬다. 처음에 내가 상호에 대해 생각한 것이 얼마나 무례했는지 깨달으며 함부로 사람 첫인상으로 사람을 판단해선 안 되겠다고 생각했다. 상호와

엄마가 인사를 나누고 나는 엄마 손에 기대어 차 안으로 들어
갔다.

✳

　상호와 수영장에 가기로 한 날이었다. 인어가 아닌 사람과
수영장에 가는 건 처음 있는 일이었지만, 그것만으로도 신났
다. 자기 모습을 긍정해줄 수 있는 사람이 같은 인어가 아니
더라도 존재한다는 사실이 좋았다. 상호는 헤엄치지 않았다.
다만 종종 내가 헤엄치는 모습을 찍어주며 그 모습이 얼마나
아름다운지를 얘기했다.

　그러다 상호의 핸드폰에서 이상한 것을 발견했다. 실수로
갤러리 전체의 사진을 보게 되었는데, 거기에는 각종 비늘
사진이 있었다.

　"상호야, 이게 다 뭐야?"

　"이리 내! 내걸 훔쳐보고 뭐 하는 거야!"

　당황했다. 내가 알던 상호가 맞나? 아니면 처음에 느낀 부
담감은 이 사람이 좋은 사람이 아니라는 것을 암시하는 촉이
었을까? 나는 실망했다. 상호가 자신이 인어라서 접근한 것
같아서.

　집에 와 오늘 일을 떠올렸다. 카메라에서 봤던 많은 비늘
의 모양새. 상호가 가장 아끼면서도 숨기고자 했던 취향. 점
많은 비늘이 크게 찍혀 있는 사진을 그가 어떻게 봤는지 떠올
리자 처음으로 내 비늘이 징그럽게 느껴졌다. 이렇게 징그러

운 게 달려 있어서 내가 사람 취급을 못 받는구나. 그런 생각
이 들었다. 더 이상 영어모임에 나가지 않겠노라 하고 다짐했
다. 외로웠다. 이 세상에 자신을 이해해줄 사람은 정녕 아무
도 없는 것일까? 미루는 떠났고, 인어 컬렉터는 활개 치고
있었다. 지쳤다. 세상에 환멸이 났다. 왜 살아야 하는지도, 삶
이 아름답다고들 하는데 왜인지도 모르겠다고, 나는 그저 누
워만 있고 싶었다.

✳

의욕도, 기력도 없이 죽은 생선처럼 누워 있다가 문득 죽
고 싶어졌다. 어떻게 죽어야 할지는 모르겠지만 대충 약을 많
이 먹기로 해서 책장, 서랍에 있는 각종 약들을 찾아냈다. 그
러다 눈에 띈 건 생전 미루가 써준 편지와 팸플릿이었다. 힘
들면 열어보라고 해서 집에 뒀다가 까먹었던 그 편지였다.

단아에게.

너는 많은 차별을 느낀 아이였고, 차별에 예민한 아이라서 걱정
이 돼. 나도 가끔 외로웠어. 상호는 좋은 친구였지만, 그것만으
로는 부족했어. 상호는 꼭 나를 인어라서 좋아한 것 같았거든.
나만 차별을 느끼는 것 같고, 이 차별이 아무렇지 않은 것 같아
서, 나만 예민한 사람 같았거든. 그래서 네가 종종 외로워지면
이 편지를 열어봤으면 좋겠어. 네가 내 옆에 있어준 것처럼, 네

옆에는 내가 있으니까. 내가 있어줄게. 네가 외로워질 때면 나를 떠올려줘. 그리고 다른 외로워하는 사람들한테도 네 존재가 도움이 될 수 있다는 걸 알아줘.

미루가

'네가 내 옆에 있어준 것처럼, 네 옆에는 내가 있으니까'라는 구절에서 울었다. 이제는 네가 없는데 어떻게 살라고. 상호 같은 인어 컬렉터를 보면서 미루도 힘들었구나. 근데 그것마저 나에게 말하지 못한 건 내게 짐이 될까 봐 걱정한 거였을까? 그러지 않아도 됐는데. 힘들면 힘들다고 말하면 됐는데. 왜 미루는 혼자 견디려고만 했을까. 다른 외로운 사람한테 내가 용기가 될 수 있겠다는 생각은 한 번도 해본 적이 없었는데, 미루는 그 점을 말해줬다. 내가 무너지면, 다른 인어들도 무너질 수 있다고 생각했다. 편지와 같이 있던 '머메이드 프라이드 팸플릿'을 번갈아 보았다. 내가 무엇을 할 수 있지. 머메이드 프라이드를 검색창에 쳤다. 이번 연도 머메이드 프라이드는 미루의 기일이었다. 행사에서는 인어의 안전을 보장하라는 집회도 예정되어 있었다. 이 행사에는 엄마 대신 휠체어를 밀어줄 봉사자를 구해 참여했다. 엄마가 보면 기겁할 게 뻔하니까.

행사 당일, 나는 거기서 다양한 인어들을 볼 수 있었다. 휠체어에 보조장치를 달아 스스로 휠체어를 밀고 다니는 인어부터, 자기 꼬리를 각양각색으로 꾸민 인어도 있었고, 상반

신과 얼굴에 비늘을 그린 인어도 있었다. 다양한 인어들 사이에서 신났다. 각종 굿즈를 사고, 보조장치도 달아보았다. 휠체어를 밀기 훨씬 수월했다. 처음 느껴보는 소속감이었다. 내가 주체적으로 사는 방법을 먼저 살았던 인어들은 알고 있었고, 그 노하우를 전수하는 자리였다.

"봉사자님, 죄송하지만 이젠 휠체어를 저 혼자 밀 수 있을 것 같아요."

"오, 그런가요? 잘 되었네요. 어떻게 혼자 밀 수 있게 되었어요? 저는 인어들 손힘이 약하다고 알고 있는데."

"네, 맞아요. 손에 힘이 약해요. 그래서 어떤 원리인지는 잘 모르겠는데, 우리의 손힘을 이 보조장치가 증폭해준다나 봐요. 그래서 이젠 휠체어를 저 혼자 밀 수 있어요."

이걸 설명하면서 들떴다. 정말 이런 도구가 있다고? 그리고 이런 이야기를 같은 인어가 아닌 사람에게도 하면서, 나를 이해해준다는 느낌을 받아서 좋았다. 나는 어쩌면 이 세상을 조금은 이분법적으로 보고 있던 걸지도 모르겠다. 인어가 아닌 사람들은 모두 인어 컬렉터, 아니면 인어. 근데 그 중간지대에 있는 사람을 보니 신기했다.

다른 성인처럼 보이는 인어들이 내게 다가왔다. 이따 집회에 참여할 것이냐 묻는 인어 언니 오빠들에게 나는 기뻐하며 함께 참가하겠다고 했다. 그동안 집에 있을 때는 외로웠는데, 미루의 품을 그리워만 했는데, 여기서는 더 이상 외롭지 않았다.

집회를 위한 행진을 하는데, 수많은 사람이 인어의 상징인 푸른 방울을 흔들면서 환호해줬다. 연대해주는 사람들이었다. 개중에는 인상을 찌푸리는 사람도 있었다. 그런 사람을 보며 아까 봉사자와 대화 나눈 게 생각났다. 우리를 미워하거나, 우리를 대상화하는 사람이 있는 만큼 우리를 좋아하는 사람도 존재하는구나. 나는 이 세계에서 영원한 타자일 것만 같았는데. 인어는 인간 속에 녹아들 수 있겠구나. 그동안의 설움이 날아가는 듯했다. 부끄럽기도 했다. 내가 너무 편견에 갇혀 사람들을 판단한 것만 같아서.

뒤풀이에 참석해서 많은 언니 오빠를 보는데 흥미로웠다. 미루와 결이 같은 사람이면서, 미루와 색이 다른 사람들이었다. 성격도 각양각색이었지만 다들 인어라는 점에서는 동질감이 느껴졌다. 각자의 깊은 이야기를 나눴다. 각자 인어라서 겪었던 힘든 일에 대해 말했다. 인어 컬렉터 이야기는 형태만 다를 뿐 모두가 겪은 일이었고, 집에서 차별받는 사람도 꽤 많았다. 그런 점에서 놀랐다. 나만 이런 줄 알았는데, 아니라는 점에서 묘하게 위안받았다. 그러다가 한 사람이 재밌는 걸 제안했다.

"우리, 바다에 갈래?"

나는 한 번도 바다를 가본 적이 없었다. 수영장보다 넓은 곳일 거라는 막연한 상상만 있었을 뿐이었다.

"언제 가요?"

그 말에 일제히 시선이 내게 쏠렸다.

"단아 몇 살이랬지?"

"저 열아홉 살이요!"

"그러면 4개월 뒤가 단아 성인 되는 날이니까 그때 다 같이 가는 건 어때요?"

다들 좋다며 한마디씩 거들었다.

"단아는 바다에 가본 적 있어?"

"아뇨, 없어요."

"그럼 더 잘 되었네! 단아 성인식이다!"

다들 신나 보였다. 덩달아 같이 신났다. 설레기도 했다. 이 곳에 오길 잘했다고 생각하면서, 미루에게 고마웠다. 미루를 생각하니 주책맞게 눈물이 날 뻔했지만 좋은 날 울 수는 없어서 애써 참았다.

✳

성인이 되는 날, 머메이드 프라이드에서 만났던 언니들과 함께 바다로 갔다. 누군가 떠나는 게 두려웠던 나는 이제 세상을 떠나기로 했다. 외로움에서, 아픔에서, 죽음에서, 나를 구해줄 사람 없어도 되는, 휠체어를 밀어줄 사람 없이도 자유로울 수 있는 곳으로. 청소년기 시절, 징그럽다고 생각한 꼬리가 바닷가에서 햇살을 부수며 아름답게 빛나고 있었다.

"바다에는 인어들만 살 수 있는 곳이 있대. 근데 아직 아무도 그런 곳을 찾지는 못했어."

"뭐야, 그거 완전 말도 안 돼요. 우린 물속에서 숨도 못 쉬잖아요."

"그런 곳이 있으면 단아 너는 어떻게 하고 싶어?"

나는 조용히 고민했다.

"저도 거기서 살 수 있으면 좋을 것 같아요. 아직 사회는 인어를 너무 독립적이지 않은 개체로 보는 것 같아서, 저는 이 사회에 살면 평생 어린아이일 것 같아요. 마치 피터 팬처럼요. 근데 여기서는 제가 헤엄도 칠 수 있고, 원하는 곳에 제 힘으로 닿을 수 있잖아요."

"바닷속에 있는 인어 마을은 없을지 몰라도, 간혹 무인도 같은 섬에 살면서 육지와 오가며 지내는 인어들도 있다더라."

지금 언니 오빠들과 그런 곳에 살면 어떨까. 단꿈에 젖었다. 세상은 넓고, 내 낙원도 어딘가에는 있을 수 있겠구나.

"그래도 저는 인어 마을 말고 여기에서 살아볼래요. 인어가 아닌 사람들과 살면서, 인어로서 살아보고 싶어요. 언젠가는 그들도 마음을 열고 인어를 받아주지 않을까요?"

언니 오빠는 호쾌하게 웃으면서 내 머리를 쓰다듬었다.

"그래. 그럴 수도 있겠다."

나는 웃으며 바다에 뛰어들었다. 이를 기점으로 수많은 인어가 바닷속으로 뛰어들었다. 고래들이 헤엄치는 것 같은 장면이었다. 물방울은 군데군데 튀고 그 물방울이 햇살을 반사하며 반짝였다. 파도는 인어의 꼬리에 부서져 물거품을 머금고 해변에 도달했다.

데 이 나 피아노로 대학에 입학해 수학을 복수전공하고 있다. 2019년부터
언론사 뉴트리션에서 칼럼 및 에세이를 연재하였다. 2023년에는
첫 소설 〈펭귄의 목소리〉로 제3회 포스텍 SF 어워드에서 상을
받아 작품 활동을 시작하게 되었다. 개인의 경험을 확장해 소설과
시로 써내는 것을 좋아한다.

제3회
미니픽션
가작

고백의 떨림

이동은

인류는 이제 외로운 짝사랑을 끝냈다. 동아프리카 우주국에서 설치한 인류 역사상 최대 규모의 파동 포집기가 1. 인간이 보내지 않았으며, 2. 의미를 가지는 신호를 수집하는 데 성공하였다. 이 신호는 잡음이 거의 섞이지 않은 채 포집되었으며 인류가 만든 그 어떠한 파동과 패턴이 일치하지 않아 소통이 가능한 인류 외 지성체의 존재를 강하게 뒷받침한다. 동아프리카 우주국은 해당 신호를 '고백의 떨림'이라 명명했다.

— 〈인류는 이제 외로운 짝사랑을 끝냈다〉,
Trends in Astronomy, 398권 17623호 표지 논문

미국 S대학 연구팀은 지난달 동아프리카 우주국에서 포집한 '고백의 떨림'이 우주에서 왔다는 근거가 부족하다고 발표했다. 지구에서 만들어낸 신호와 비교하여 열화가 거의 없다는 점과 더불어 지구 자기장을 통과할 때 추가되어야 하는 특정 주기의 주파수 변환이 포착되지 않았다는 점을 근거로 내세웠다.

— 〈고백의 떨림, 우주에서 왔다는 근거 부족〉,
Space, 201권 5849호 표지 논문

"위 두 논문은 '고백의 떨림'에 대한 10년 전 학계의 대립을 보여주는 대표적인 예시입니다. 아마 이곳에 오신 많은 분이 해당 논쟁에 참여하였을 것입니다. 이후에도 '고백의 떨림'의 출처에 대한 무수한 가능성이 제시되었지만 모두 명확한 근거가 부족했습니다. 하지만, 오늘 발표할 '단일-매질-입자 분석법'을 통해 해당 파동이 어디에서 만들어졌고 어떠한 경로를 통해 동아프리카 우주국 파동 포집기로 들어왔는지 시간을 거슬러 분석할 수 있게 되었습니다. 발표에 앞서 단일-매질-입자 분석법의 아이디어를 제시해준 음펨바 박사님과 10년 전부터 지구상의 매질-입자 진동정보를 모아둔 각국의 연구 팀들에게 감사의 말씀을 전합니다.

저희 연구소의 분석에 의하면 '고백의 떨림'은 우주에서 오지 않았습니다."

학회장에는 무수한 탄식과 야유가 가득했다.

"그렇다고 '고백의 떨림'이 무의미하다거나 누군가의 장난이라는 뜻은 아닙니다. 다만 지금의 인류가 만들지 않은 것임은 명확합니다."

"근거가 있나요!"

기다렸다는 듯이 외침이 이어졌다.

"저희는 '고백의 떨림'을 우리에게 보낸 존재와 소통하는 데 성공하였습니다. '고백의 떨림'은 우주에서 오지 않았지만, 현재의 지구에서 만들어진 것도 아닙니다. 이는 미래의 지구의 주인이 현재의 지구의 주인에게 보낸 것입니다. 다음 자료화면을 봐주시기 바랍니다."

학회장을 가득 메운 영상에서는 고백의 떨림이 포착된 동아프리카에서부터 시간을 거슬러 추적된 파동의 경로가 나타났다. 지구를 셀 수 없이 감아 돌던 경로는 마침내 핀란드의 한 지점에 멈춰 섰다. 그리고 경로를 나타내던 노란색 점선이 점점 굵어지고 있는 것처럼 보였다. 아직도 그곳에서 신호가 만들어지고 있다는 뜻이었다.

"저희는 이 경로상에서 이상한 점을 발견하였습니다. 해당 경로의 시발점으로 보이는 곳은 지금의 지구에서 핀란드 상공으로 위도 67도 5분, 경도 26도 3분에 해당하는 장소입니다. 심도로는 지하 약 1,230미터에서 시작되었습니다. 하지만 단일-매질-입자 분석으로는 해당 파동이 얼음의 형태를 띤 물 분자를 통과한 것으로 분석되었습니다. 따라서 지구 자전축의 세차운동을 고려하였을 때 이곳은 약 6억 5천만 년 뒤 북극점이 됩니다. 빙하로 둘러싸인 미래 지구에서 어떠한 지성체가 만들어낸 파동이 지구 자기장을 타고 현재로 도달했다고 보입니다."

"그렇다면 그 소통의 내용은 무엇인가요?"

"어떻게 미래에서 보낸 파동이 과거로 도달합니까?"

"그때에는 지구가 꽁꽁 얼어붙는다는 근거가 있나요?"

청중들의 질문들이 끝도 없이 이어졌고 연사를 향한 비난과 심지어는 공책이며 물병을 던지는 행위가 일어났다. 던지는 자와 이를 막는 자 사이에 몸싸움이 불거졌고, 발표를 더는 이어갈 수 없다고 판단한 주최 측은 황급히 연사를 강연장 밖 대기실로 이동시켰다.

"대단히 죄송합니다. 닥터 최, 사람들이 이렇게 격해질 줄은 몰랐습니다."

학회 운영위원장 쿤데라 박사가 연사 대기실을 찾아와 이야기했다.

"이미 다 예상했던 일인걸요. 사과는 괜찮습니다. 저기까지 발표한 것만 해도 다행이라고 생각합니다. 곧 핀란드 당국에서도 해명이든 사과든 요청이 오겠군요. 자기네 나라에서 마치 괴생명체를 만든 오해를 샀을 테니깐요."

"그거야 뭐 조금만 생각해보면 핀란드가 문제가 아니라 그때 '고백의 떨림'을 보낸 존재가 지구 전역에 있을 수도 있을 텐데요…. 단지 핀란드가 그땐 북극이 된다는 것뿐이지요."

"시기로는 6억 년도 지나야 하지만, 그들로부터 메시지가 온 이상 사람들에겐 그게 지금이 되었으니깐요. 오히려 우리가 기다릴 수 없는 시간은 내일같이 느껴지기도 하지요. 아마 오늘 못다 한 발표는 곧 T지에서 논문으로 보실 수 있을 것 같습니다. 하도 관심이 집중된 논란이다 보니 게재 승인이며 출판이며 빠르게 진행해 주더라고요."

돌연 중단된 학회 발표의 일주일 후, 최 박사의 T지 논문은 〈고백의 떨림: 미래의 존재와 조우하다〉라는 제목을 달고 나왔다. 해당 논문에서는 '고백의 떨림'을 보낸 존재를 미래 인류인지 새로운 형태의 생명인지 제한하지 않고 PhiX라고 명명하였다. 연구팀은 PhiX에게 세 가지의 질문을 던졌고 그것에 대한 답을 받았다고 전했다.

첫 번째 질문은 '이름이 무엇인가요?'였다. 자신의 존재를 그들이 명명하는지 혹은 각 개체의 고유한 이름이 있는지를 파악할 수 있는 질문이었다. 두 번째 질문은 '당신들의 생김새는 무엇인가요?', 세 번째 질문은 '당신들이 사는 곳은 어떠한가요?'였다. 그들이 과연 현생 인류의 후손일지 그렇다면 진화적 유사성이 있을지 그리고 과연 지구의 미래는 어떠할지 물어볼 기회였다.

위 논문의 교신을 시작할 당시 연구팀은 질문들을 정했으나 어떤 형태로 질문을 던져야 하는지 확신이 없었다. 이를 위해서 PhiX가 처음 보낸 파동 '고백의 떨림'을 명확히 아는 것이 중요했다. '고백의 떨림'에 담긴 메시지는 마치 과거의 흑백 사진과도 같았다. 진폭과 파장을 이용해 이미지를 만든다는 개념은 과거 인류가 보이저호에 실어 보낸 금색 레코드판과 정확히 일치했다. 하지만 그렇게 만들어진 이미지는 보이저호보다도 까마득한 과거 인류의 상형문자와 같이 복잡해서 그 한 장의 사진으로는 의미를 찾을 수 없었다. 최 박사가 연구책임자를 맡은 것도 이때부터였다. 최 박사는 직관을 이용하는 아이디어를 제시했다.

"마치 우리가 전하는 메시지를 게임처럼 만들면 됩니다. 그들의 방식으로 흑백 사진을 만들 수 있으니 우리는 흑백 사진들을 무수히 쌓아 영상을 만들 수 있습니다. 대신 파장이 너무 길어지면 안 되니 오래전 8비트 게임을 하는 영상처럼 만들면 어떨까요?"

침묵이 이어졌다. 연구팀의 그 누구도 8비트 게임이 무엇인지 이해하지 못했기 때문이었다. 역사적인 과거의 게임을 모으는 취미를 가진 최 박사는 안 되겠다는 표정을 짓더니 다음 날 연구실에 '철권' 게임이 담긴 오락기를 가져왔다. 몇 시간이 지나지 않아 연구실 사람들은 금세 게임 조작 방식에 익숙해졌고 줄을 서서 순서까지 기다리고 있었다.

"자, 이제 무슨 느낌인지 아시겠죠? 설명서도 필요 없습니다. 게임을 시작할 때 캐릭터를 선택하는 화면과 비슷하게 영상을 만들면 그들도 자연히 이해할 겁니다. 캐릭터 칸에는 여러 형태의 신체 구조를 넣어두고 또 이름도 바꿔가면서 '이름'이란 개념도 설명하고 그들의 형태도 파악하고 배경 화면으로 환경도 물어볼 수 있겠군요. 자, 만들어봅시다."

그렇게 연구팀은 PhiX에게 전할 영상을 만들었고 수차례의 기획과 수정을 통해 이 영상이라면 아무런 설명 없이도 우리가 어떤 답을 원할지 유추할 수 있다고 믿었다. 다시 파동의 형태로 만들어진 영상은 지구 자기장 내에 산발적으로 흩어졌고 남은 것은 '고백의 떨림'을 이은 새로운 파동이 포집기에 잡히길 기도하는 일이었다.

'고백의 떨림'은 이미 너무나 학계에 유명해진 사건이었고 이를 우주에서 온 신호라 믿는 이들은 화성에 전파를 보내는 등 최 박사의 연구팀 외에도 '고백의 떨림'의 주인과 교신하려는 여러 시도가 많았다. PhiX라는 존재가 최 박사 연구팀의 신호만을 잘 골라서 답을 해줄지는 무수히 많은 경우의 수 중의 하나였다. 최 박사는 연구실 사람들에게는 회의 때마다 이렇게 이야기했다.

"이건 고백이니까요. 요즘처럼 즉각적으로 마음을 읽는 소통과 다르게 예전에는 누구와 데이트를 하기 위해선 편지든 이메일이든 메신저든 글을 써서 보내고 답장을 기다렸어요. 답을 해줄지 혹은 상대가 누구를 선택할지는 전부 상대방의 의사였죠."

하지만 사실 최 박사 나름대로도 '과연 쏘아 올린 파동이 언제까지 남아 있을지', '다른 연구팀과 혼선이 생기진 않을지' 걱정되었다. 언제까지고 새로운 신호가 없는지 찾는 일은 연구팀을 지치게 만들었다. 몇 개월이 지나고 물리천문학 학회에 참석한 최 박사는 이론물리학자 데이빗 스턴 박사를 만나 이런 고민을 토로했다.

"이론물리학자들은 이미 미래에서 과거로 파동이 이동하는 구멍이 생겼고 현재에서 보내는 메시지는 미래에서는 이미 과거에 존재했던 일이어야 하므로 사실상 현생 인류가 질문을 만들기 전부터 그들은 답을 보내고 있었을 것이라고 추측하고 있어."

스턴 박사의 답을 들은 최 박사는 연구실에 돌아와 외쳤다.

"우리는 이미 답장을 받았어요!"

그렇게 최 박사의 연구팀은 '고백의 떨림'을 다시 분석해 그들의 응답을 찾을 수 있었다.

최 박사가 처음 '고백의 떨림'이 미래 지구의 주인으로부터 온 신호임을 발표한 지 한 달여 후 다시 최 박사에게 〈고백의 떨림: 미래의 존재와 조우하다〉 논문의 해설 강연 요청이 물밀듯 들어왔다. 그중 본인의 모교에서 요청한 세미나에서 최 박사는 강연을 하는 중이었다.

"…이로써 '고백의 떨림'은 저희가 보낸 파동에 대한 응답이었습니다. 위 이미지는 고백의 떨림을 변환하여 얻은 것입니다. 이미지의 가장자리부터 보이는 기호들은 저희가 보낸 영상에서 그들이 선택한 부분을 나타내고 있습니다. 첫 번째 그들은 각 개체에는 이름이 없고 전체 공동체를 하나의 고유

명사로 부르는 것을 알 수 있습니다. 두 번째 그들이 고른 외형적 특성을 종합하면 현생 인류와의 유사성이…."

발표가 끝나자 한 학생이 연단에서 내려온 최 박사에게 달려가 질문을 건넸다.

"박사님, 왜 더는 PhiX에게 파동을 전하지 않는 건가요?"

잠시 답을 할지 망설이던 최 박사는 학생의 눈을 잠시 스쳐보고 그를 믿는다는 듯 입을 열었다.

"'고백의 떨림'에 담긴 마지막 의미는 우리가 한 질문에 답을 한 것이 아니었어요. 도리어 질문이었죠."

"질문이라고요? 그들이 뭐라고 묻던가요?"

"우리더러 당신들이 그들이 찾던 신(神)인지 묻더군요."

"그 질문에 답하실 계획은 없는 건가요?"

"우리가 그들의 신일지 아닌지 그건 우리가 결정할 수 있는 게 아니었어요. 어쩌면 정말 아직도 우리가 존재한다고 믿는 신도, 그래서 입을 열지 않았을지도 모르잖아요."

백 세 청년의 새해 일기

이동은

어렸을 때의 기억이다. 스물한 살, 그 당시에는 성인이라 불리던 나이었는데 지금은 한계 수명의 고작 10분의 1 정도이니 지금의 나로선 어렸을 때가 맞다. 마트에서 꽃을 사 온 적이 있었는데 다른 사람에게는 꽃다발을 선물해봤어도 내가 나에게 꽃 한 송이라도 준 적이 있나 하는 생각에 사 온 것이었다. 깨끗이 유리병에 씻어 물에 담가뒀는데 일주일도 지나지 않아 시들어 축 늘어진 모습에 눈물이 쏟아졌다.

내가 나한테 준 첫 꽃인데 이렇게 금방 시들다니 배신감도 느껴졌다. 시든 꽃을 버릴 땐 꽃에서 음식물 쓰레기 수거함에서 나는 것 같은 악취가 났다. 살아 있는 것은 항상 나를 아프게 한다. 갖고 싶은 게 있다면 영원이었으면 좋겠다고 생각했다. 그것이 내가 현재 유지할 수 있는 가장 오래된 기억이다.

내일이면 나는 내가 나에게 준 최초의 꽃을 잊으러 간다. 올해 100세가 지났기 때문에 20대의 기억을 유지하기 위해서는 작년보다 열 배의 금액을 지급하고 계약을 무제한 요금제로 갱신해야 한다. 작년과 같은 금액으로 기억을 구독하게 되면 나는 40세부터의 기억을 유지할 수 있다. 150세가 되면 80세부터의 기억을, 200세가 되면 100세부터의 기억을 갱신 없이 유지할 수 있다. 이것이 내가 한계 수명 전까지 가입한 기억보험의 조건이다.

학자들은 이론상 현대 의학으로 사람은 영생이 가능해진 수준이라고 밝혔다. 적어도 태어난 지 900년이 지날 때까지는 신체에서 일어날 모든 비정상적 현상에 대한 대책이 있다는 주장이었다. 하지만 인간의 평균 수명이 300세에 다다른 시점부터 사회 기반이 무너지기 시작했다. 의사들은 부유한 500세 이상의 사람들의 수명 연장에만 관심이 있었고 병원에는 새로 태어나는 영유아나 청소년 환자들을 살필 인력이 없었다.

평균 수명 300년이란 시간은 언어의 분화를 일으키기에 충분해서 한 언어 내에서도 통역 혹은 번역기의 도움 없이는 세대 간 의사소통이 불가능했다. 무엇보다도 기형적 구조로 인구가 늘어서 전 인류가 사용할 물이 부족해졌다. 수자원이 부족해 영토 분쟁이 심화되었고 의료기술이 발전한 국가일수록 내전에 의한 사망자 수가 비례하는 현상을 보였다.

더 극단적인 인류의 멸망을 막기 위해 결의된 방안이 '한계' 수명이었다. 10년 전부터 실행된 이 국제법은 300세가 넘은 사람에게는 어떠한 의료행위도 이뤄질 수 없도록 제한하는 극단적인 조치였다. 의학이 존재하지 않던 시대에는 이미 열 번은 더 태어나고도 죽었을 시간이니 의료행위 없이는 한 달도 채 지나지 않아 자연사하는 사례가 증가했다.

한계 수명이 시행된 해는 의료사고나 전쟁으로 인한 사망보다 자연사가 더 많았던 첫해로 기록되었다. 물론 300세 이상의 사람들과 그들의 가족들로부터는 자연사가 아닌 또 다른 살인이라는 주장이 거셌지만, 자원 고갈로 인한 전쟁과의 줄다리기 끝에 한계 수명 제도가 정착되었다. 다만 인류가 300세 가까이 살다 보니, 자연 상태에서의 뇌는 한계에 다다랐다. 한정된 신경 세포 간 연결과 신호전달 물질을 통해 기억을 저장하는 뇌의 용량은 사람에 따라 달랐지만 약 100년이 최대였다.

그 이상의 기억을 저장하기 위해서 많은 기술이 발전했고, 그중 가장 저렴한 방법은 거대한 저장장치에 기억을 따로 모아뒀다가 필요할 때만 불러오는 것이었다. 물론 잘사는 사람들이야 신경 세포를 더 삽입하는 시술을 통해 뇌 자체의 용량을 늘릴 수 있었으나 대부분의 사람들은 뇌에 삽입된 전극으로 외부 저장장치와 뇌의 기억을 동기화시켰다. 외부 저장장치 또한 한정된 자원이었으므로 구독료를 냈어야 했고 무제한 요금제를 사용할 수 없는 저소득 인구는 최소한의 삶에 필요한 기억을 저장할 수 있도록 정부에서 지원하는 기억보험을 통해 한정된 기간의 기억을 저장할 수 있었다.

올해부터는 아마도 30세 이전의 일들은 마치 없던 일처럼 느껴질 것이다. 개인마다 뇌 용량에도 과거 기억의 양에도 편차가 있어서 정확하진 않겠지만 어차피 없던 일처럼 느껴진다면 기억하지 못해서 아쉬울 것이 없으니 나는 그래도 윤택한 편이라 생각한다. 80세부터는 10대의 기억을 잃기 시작해서 학창 시절 동창들의 늦은 결혼이나 재혼 청첩장을 받고도 누구인지 알지 못해 갈 필요가 없어졌다.

요즘에는 80세가 되어서야 첫 사회생활을 시작하는 사람들이 늘었다. 남들이 자꾸만 기억에서 되살려 소셜미디어에서 공유하는 영상 속 나는 마치 내가 아닌 옆집 꼬마 아이처럼 느껴졌지만, 굳이 일일이 반응할 필요가 없으니 못 본 체하고 넘어갔었다. 그러다 어느 날에는 요즘 같은 세상에 왜 모르는 체를 하냐며 자연스레 인사하는 사람을 만났을 땐 차마 나는 무제한 요금이 아닌 기억보험이라 말진 못했다. 아마 올해부터는 모르는 사람으로부터의 연락이 더 많이 오겠다. 대학 시절 다녀온 해외여행들의 기억은 잊힐 것이다.

이 나이까지 살아 있을 줄 알았다면 좀 더 늦게 모든 걸 시작했어도 괜찮았을 것 같다. 아니 내가 20대에 여행을 다녔을까? 사실 벌써 기억이 명확하지 않다. 이런 때에는 남들이 가장 보편적이라 생각하는 그 나이의 모습을 그려서 그것이

나였다고 믿는다. 그래서 사실 해외여행의 기억이 없어져서 슬픈 것조차도 정말로 내가 여행을 다녀온 것인지 아니면 슬프기 위한 핑계인지 알 수 없다. 그러다 어느 쪽이든 상관없겠다는 생각이 들었다. 20대에 여행을 안 다녔다고 생각해도 그건 슬픈 일이기 때문이다. 첫 연애라는 것도 그즈음 있었을 것이다. 남아 있는 40대의 기억으로는 꽤 많은 연애 끝에 결혼했다고 알고 있으니, 나름 합리적인 추론이다.

분명 몇 번의 연애는 정말 마음 아프게 남아 있었을 테니 이제는 온전히 잊고 보내는 것 또한 축하할 일이다. 현대에는 오히려 모든 기억을 언제든 꺼내 볼 수 있기에(물론, 무제한 요금제만 낼 수 있다면) 아픈 기억조차도 더 붙잡아두려는 강박을 가진 사람들이 늘었다. '거봐 잊어간다는 건 꽤나 자연스럽고 축복받은 일이라니깐?' 하고 또 스스로에게 얘기했다. 다만 과거의 나를 알던 사람들과 만나서 하는 얘기들에서 나를 찾지 못하는 것은 여전히 적응하지 못한 일이다.

나더러 왜 무제한 요금제를 구독하지 않느냐 물어보아도, 이제는 과거의 이삼십 대의 나를 탓할 수는 없다. 그때를 얼마나 악착같이 살았는지 혹은 방탕하게 살았는지 가늠할 수 없기 때문이다. 과정이 사라지자 결론만 남았다. 40세가 되자 갚아야 할 대출금과 아내 배 속에 들어선 아이, 그 때문에 빠르게 진행되었던 결혼 절차들이 남아 있었다. 그때의 기억이 이제는 가장 선명한 오래된 기억이다. 이후로는 모아둔 돈

없이 대출금 상환과 육아에 전념했다. 그리고 아이가 조금 크고 나서는 길어진 수명만큼 길어진 교육의 비용을 짊어지고 살아왔다.

만약 그 전의 이삼십 대의 내가 열심히 살았어도 피할 수 없는 운명이었다면 나는 내가 참 안쓰러웠을 것이다. 만약 그때의 내가 그릇된 선택들로 만들어낸 결과였다면 나는 내가 참 원망스러웠을 것이다. 막연히 둘 중 하나의 선택을 취해서 나를 미워하거나 위로하거나 어느 것 하나 제대로 선택하지 못하겠다. 아마 기억이 남아 있던 지나간 날들에서는 내가 나에게 모질게 상처를 주기도 또 과거의 나 자신의 아픔을 보듬기도 했을 것이다.

이러한 것들은 과거와 지금의 내가 연결되어 있다는 하나의 자아라는 믿음에서 파생된 행위들이다. 과거의 나와 지금의 나를 연결시켜 주는 것은 공통으로 이어져 온 기억이지만 지금의 시점에서는 서서히 그 연결이 희미해지고 있다. 남들은 한계 수명 제도가 도입되자 이제 누구나 비슷한 수명을 살게 되었으므로(한계 수명까지의 의료 비용은 정부의 부담이다) 비로소 모두에게 시간이 공평해졌다고 말했다.

지금의 나로서는 심히 무책임한 말이라는 생각이 든다. 이제 시간을 공평하게 주었으니 잘 활용하지 못하면 개개인의 탓이 되는 것이다. 나는 앞으로 남은 약 200년의 시간을 과거의 내가 남이 되는 과정과 싸워야 한다. 앞으로 50년이 지나면 딸아이를 어떻게 키우고 어떤 학교에 보냈고 무엇을 입히고 먹었는지 잊을 것이다. 그와 동시에 내가 얼마나 힘들게 노동하며 돈을 벌었고, 언제든 대체 가능한 인력이라 불합리한 대우를 받으면서도 가정을 지키기 위해 버텼는지 잊을 것이다.

남들은 한창 제2의 인생을 살기 시작하려던 60세즈음에 아이 엄마도 떠나갔던 기억과 딸아이가 처음 직장을 가지고 연애하며 보여준 사진들도 잊어갈 것이다. 딸아이가 보여주는 친구들과의 영상에서도 딸을 찾지 못할지도 모른다. 나이가 들수록 남들과는 다르게 나를 잃어간다는 사실이 막연히 서글퍼졌다. 내가 잊어가는 나의 모습들을 기억 속에 남겨둔 사람들이 부러워지는 새해이다.

카이스트 생명과학과 대학원에 재학하며 줄기세포를 연구하고 있다. 여행과 그것을 기록하는 일을 좋아한다. 비행기가 이륙할 때 땅과의 마찰이 사라지는 순간을 사랑한다. 종종 여행 중 좋아했던 장소를 다시 찾았을 때 자신의 추억이 거짓이 아님을 확인받으며 살아있음을 느낀다. 취미를 자주 바꾸면서도 이번에는 꾸준했으면 하고 바란다. 요즘의 취미는 차박, 서핑 그리고 배드민턴이다.

인스턴트

안 세 인

구도시는 밤마다 어둠에 잠긴다. 검은 골목을 걸어 집으로 돌아가는 길은 적막해서 꼭 한 번은 신도시를 뒤돌아보게 만든다. 신도시의 불빛을 보고 있자면 종종 과거가 그리워질 때도 있으나, 그러지 않기로 한다. 사람들은 점차 두 부류로 나뉘었다. 기계와 로봇을 제작하고 그 혜택을 누리는 사람들은 신도시에, 기계로 대체하기에도 하찮은 일들을 하는 사람은 구도시에 머무른다.

이제 수작업이라는 단어엔 아무 가치도 없다. 점차 구도시에는 세상으로부터 버려진 가난뱅이나, 세상을 등진 범죄자나 모여 살게 되었다. 그리고 이제 나는 범죄자와 가난뱅이, 그 교집합이다. 생계를 걱정한 적 없던 과거와 달리 이젠 한 달 월급으로 한 달을 살기도 빠듯하다. 먹고 자는 일만으로 버거운 와중에도 나를 찾는 신도시의 수색망이 점차 좁혀오는 것을 느낀다. 오래 가지 못할 것이다.

그러나 후회한 적은 없다. 낡은 철문을 열고 들어가면 나의 그레타가 나를 반겨주기 때문이다. 사랑하는 나의 그레타. 다녀왔느냐는 해맑은 인사에 하루의 피로가 눈 녹듯 사라진다. 바보 같은 웃음이 삐져나온다. 아이를 안아 방에 들어서면, 늘 그렇듯 창문 앞 의자에 그레타의 온기가 남아 있다. 너는 또 창밖을 보고 있었겠지. 이 낡고 좁은 방의 유일한 광원은 창밖으로 보이는 신도시의 불빛이다. 너는 그 얄팍한 불빛에도 그곳을 동경한다.

"열심히 공부해서, 어른이 되면 신도시에 갈래요. 멋진 로봇을 만드는 기계공학자가 되고, 영생을 가능하게 하는 생명공학자도 될래요."

그레타가 입에 달고 사는 말이다. 그러나 너는 그 무엇도 될 수 없음을 알기에 나는 너를 볼 때마다 동정에서 애틋함, 죄책감에서 다시 동정으로 돌아가는 일련의 감정들을 느낀다. 그레타, 나는 너의 모든 삶을 사랑한다. 그러나 세상은 너의 삶 중 일부만을 사랑한다. 그렇기에 이제는 미뤄두었던 이야기를 해야만 한다. 창을 등지고 앉아 나의 그레타를 본다. 창밖의 빛이 비춰오자 그레타의 검은 눈동자에는 신도시의 빛이 밤하늘의 별처럼 박힌다.

"오늘은 아빠가…."

잠시 뜸을 들인다. 이 잠깐의 적막이 네가 나를 따르던 마지막 순간이 될 것이다. 이번에는 내가 침묵을 깬다.

"내가 너에게 해줄 이야기가 있어."

✳

인스턴트 신제품, 루시. 평범한 외모를 가진 새 모델 출시! 사전 예약하면 출고 즉시 배송해드립니다.

길거리에는 이터널 코퍼레이션의 인스턴트 신제품 광고가 즐비했다. 괜히 루시의 사양을 읽으며 최종 심사를 앞두고 긴장되는 마음을 달래보았다. 등급으로 표현한 지능은 C+, 정서 지능은 B0, 최대 사용 기한은 6개월. 하단의 세부 사양을 확인해보지 않아도 기획 의도는 분명했다. 한번 추측해보자면, 사람들은 그간 출시했던 아름답고 훌륭한 인스턴트 모델들에는 이제 질렸을 것이다. 게다가 어색할 정도로 완벽한 외모에 이질감을 느끼는 사람도, 뛰어난 사양에 열등감을 느끼는 사람도 있었겠지. 루시의 어중간한 사양과 흔한 갈색 머리, 평범한 이목구비는 그간 사람들이 느꼈던 부정적 감정을 잠시나마 해소해줄 것이다. 그리고 역시, 아니 특히나, 더 오래 사용하지는 않을 테니 사용 기한은 6개월로.

훌륭한 마케팅이라며 작게 중얼거리던 중 나를 호명하는 소리가 들려왔다. 자리에서 일어나 옷맵시를 가다듬고 걸음을 옮겼다. 긴장 탓인지 안내 로봇이 너무 느리게 움직이는 것 같아 조바심이 들었다. 심사실의 문이 열리고, 나는 대형 스크린 앞에 섰다. 스크린에는 나의 경력 사항과 특이사항 몇 가지가 표시되었고, 관계자는 질문을 시작했다. 화면 한구석에 나타난 기업의 이름을 보며 마음을 다잡았다. 나는 오늘 꼭 이곳에 입사할 것이다.

　　이터널 코퍼레이션. '순간의 연속이 곧 영원이다'라는 기업 이념을 내세우며 인간의 행복을 위해 여러 생명공학 제품을 만들어내고 있는 굴지의 대기업이다. 이터널 코퍼레이션은 삼십여 년 전부터 '인스턴트'라고 불리는 복제인간을 판매하기 시작하며 크게 성장했다. 이터널 코퍼레이션과 인스턴트를 모르는 사람은 아무도 없었다. 이제 인스턴트는 새나 고양이처럼 흔했다. 더는 그 누구도 인스턴트에게 위화감을 느끼지 않으며, 그것으로 제 취향을 표시하는 사람들도 있었다. 인스턴트는 한때 유행하던 패션 소품 정도에서, 취향에 따라 다른 디자인을 선택하는 외투 정도의 위치가 된 것이다.
　　생명공학 기술의 발전으로 한 인간의 유전자를 조사하고, 그를 복제하여 빠르게 배양하는 것은 어렵지 않은 시대가 되었다. 과거에 맞춤형 장기를 위해 인간을 복제하여 키우는 이야기가 존재했듯이, 우리가 기다리던 그 미래가 온 것이다. 배양한 장기나 신체 부위를 기계 부품처럼 인간의 몸에 끼워 넣는 것은 이미 흔한 일이 되었다.
　　그러나 복제인간이 하나의 생명으로 독립하는 것은 완전

히 다른 이야기였다. 첫 번째 문제는 그 수명이었다. 복제인간은 배양 기계에서 나온 후에는 길게 살지 못하고 사망하였다. 이는 복제인간의 배아가 급속 생장이 가능하도록 조작되었기 때문이라는 가설이 아주 유력하여, 해결하기 위한 연구가 진행되는 정도에 머물렀다. 두 번째 문제는 그 독립성이었다. 우리가 원하는 복제인간은 성인인데, 그만한 기억이나 지식을 전부 이식할 수 없었다. 따라서 그렇게 태어난 복제는 수명도 짧은 데다가 몸만 커버린 신생아에 불과했다. 인류가 기대한 것은 무한 생산이 가능한 친환경 노동력이었으나 복제인간들은 그 역할을 수행할 수 없었고, 이를 해결하려는 노력이 무색하게 시간은 흘러갔다.

그것들을 일일이 붙잡고 글자부터 가르칠 것이 아니고서야 복제인간은 의미가 없다는 여론이 주를 이룰 때쯤, '인스턴트'가 등장했다. 이터널 코퍼레이션은 두 가지 문제 중 독립성 문제를 어느 정도 해결한 후, 남은 수명 문제를 오히려 상품성으로 내세웠다. 잠시 즐겼다가 질리면 버려도 되는, 어차피 수명이 짧으니 죄책감도 가질 필요 없는, 말 그대로 '인스턴트' 인간을 판매하기 시작한 것이다.

초반에는 거부감이 있는 듯했으나, 여론은 빠르게 바뀌었다. 언어를 비롯한 기본적인 지식과 대인관계 능력 등만 갖춘 인스턴트들은 현대인들의 수요에 딱 맞았다. 아니, 어쩌면 인스턴트가 사람들의 수요를 바꿨을지도 모르겠다. 주문만

하면 집 앞에서 나를 기다리는 나의 이상형, 내가 바라던 가족, 또는 나밖에 모르는 친구와 주도권이 보장된 채 감정을 주고받는 안정감. 지루해질 때쯤 수명이 다하여 기업에서 수거해가는 편리함. 모든 요소를 갖춘 가장 완벽하고 안전한 취미생활의 등장이었다.

인스턴트와 맺는 관계에 익숙해진 사람들은 점차 방어적으로 변해갔다. 냉랭한 경쟁 사회가 인간관계를 삭막하게 한다는 옛말과는 비교도 안 될 정도로 세상은 빠르게 단조로워졌다. 사랑, 우정, 혹은 더 멋지고 복잡한 감정, 그 무엇이건 사람들은 더 이상 진득한 감정의 교류를 나누고 싶어 하지 않는다. 상처받을 일이 없고, 상대가 먼저 끊어낼 일 없는 관계란 얼마나 평온한가. 호감을 사기 위해 시간과 노력을 투자하고, 남겨질 위험을 감수하는 실제 사람과의 관계 맺기는 이제 별난 행위가 되었다. 몇 년 전 목격한 연인 간의 다툼 현장도 점점 기억 속에서 희미해져 갔다. 사랑 같은 건 더 아름답고도 편리한 인스턴트와 나누면 된다고 생각하는 사람들이 늘어갔다. 삭막하지만, 어찌 보면 가장 온전한 평화이다. 나는 이곳의 기업 이념에 어느 정도 동조했다. 이런 순간의 연속이라면, 그것이 영원이 되어도 좋겠다고 생각했다.

스크린 너머의 면접관에게도 나의 마음이 전해진 것인지, 나는 이터널 코퍼레이션에 입사할 수 있었다. '다음 주 월요일부터 B-3 연구실로 출근해주세요.' 그 문장 하나에 나는 잠을 설쳤다. 거리에는 행복한 순간들로 이뤄진 오랜 평화만이 가득했다. 인스턴트와 함께 산책을 하고, 식당에서 식사를 하는 모습들은 너무나도 당연했다. 이제 나는 눈을 감고 그 자리를 내가 만들어낸 나의 인스턴트가 대체하는 달콤한 상상을 해봤다. 나의 인스턴트와 손을 잡고, 입을 맞추며 각자의 가벼운 행복을 느끼는 사람들의 모습을 보고 싶어 견딜 수가 없었다. 나는 연구소에 출근할 날을 손꼽아 기다렸다.

운이 좋게도 인스턴트 신제품, 루시 팀에 배정된 나는 한동안 이곳의 시스템에 대해 배웠다. 빠르게 배양되는 배아를 만드는 방법, 우리가 원하는 특정 형질을 갖도록 유전자를 조작하는 방법, 자주 사용되는 형질들, 그 형질들을 조작하기 위해 필요한 효소나 운반자들의 보관 위치…. 연구다운 연구는 선임 연구원들이 진행하고 있었기에, 이제 막 입사한 나는 잡일들을 떠맡았다. 썩 내키는 일은 아니었다. 나는 매일 아침 연구에 쓸 시약들을 채워두거나 밤새 배양액을 확인하는 일이나 해야 했다.

맡은 일 중 가장 많은 시간을 할애해야 했던 반복 작업은 기본 지식 이식까지 마친 인스턴트들을 출고 전에 최종 점검하는 일이었다. 충분히 성장한 인스턴트들은 잘 세척되고 건조된 후, 나와의 면담실을 찾아왔다. 그것들이 이식한 기억과 지식을 잘 습득했는지, 자연스러운 말투와 표정을 가졌는지 확인하는 것이 나의 일이었다. 최근 가장 잘 판매되는 모델은 루시였기 때문에, 나는 매일 수십 명의 루시와 대화했다.

문이 미끄러지듯 열리면 루시는 정갈한 발걸음으로 방에 들어왔다. 자리에 앉아, 하면 감사합니다, 하며 자리에 앉았다. 정해진 질문들을 하면, 당연하게도 루시들은 같은 대답을 했다. 지루한 나머지 종종 농담을 하면, 그것들은 같은 부분에서 같은 표정으로 웃었다. 한 루시가 이해하지 못하는 농담은 다른 루시들도 이해하지 못했다. 이식된 지식의 분야나 그 깊이가 같으니 같은 반응을 하는 것 같았다.

루시들을 몇 달째 보자, 의문이 들었다. 저 루시들을 각각 다른 루시라고 할 수 있을까? 이터널 코퍼레이션은 복제인간의 독립성 문제를 해결했다고 광고하지만, 내가 그동안 본 바에 의하면 저것들은 전혀 독립성을 갖추지 못했다. 저것들은 단 한 명의 루시조차도 다른 루시들에게서 독립된 개체로 보이지 않았다. 그렇게 루시와의 대화만 실컷 하다 퇴근하는 날에도 나는 거의 매일 한 가지의 질문, 조금 더 솔직히 말하면 불만 사항을 보고서에 함께 적어 제출했다. 연구소의 문을 열고 숙소로 돌아가며, 내일은 오늘과 조금 다른 사건이 발생하기를 기도했다.

그러나 기회는 그리 빨리 찾아오지 않았다. 찾아온 것은 기회가 아닌 기다린 적 없는 감정이었다. 익숙한 문을 열고 나서면 익숙한 연구실의 입구였다. 출근하는 길. 미로 같은 1층 복도를 걸어 승강기로 향하고 있자면 수거된 인스턴트들을 마주치게 되었다. 루시, 벤자민, 헤이든, 그리고 저건 이름을 모르겠는 무언가. 저것들의 탄생과 죽음이 이제는 정말 아무렇지도 않게 느껴졌다.

나는 그동안 수천 명의 루시를 찍어냈고, 수천 명의 루시가 수거되는 것을 보았다. 수거된 루시는 분해액에 의해 잘게 쪼개져, 다른 루시를 만드는 재료가 된다. 그나마 이것도 정이라면 정일까, 루시를 분해하는 과정까지는 굳이 보고 싶지 않아 도망치듯 승강기로 달려 들어 갔다. 곧 분해될 루시들이 저 멀리 지나갔다. 빨리 문이 닫혔으면…. 보안 때문이라며 구식으로 지어진 불투명한 승강기가 이럴 때는 마음에 쏙 들었다. 문만 닫히면 나는 이 찝찝한 감정에서 쉽게 도망칠 수 있었다. 문만 닫히면, 내 눈에 보이지만 않으면, 내겐 없는 일이었다.

시간이 흘러 이제는 이곳에 온 지 1년이 넘어갔다. 반복되면 적응하기 마련, 찝찝한 감정은 점차 무뎌지고 불만과 짜증이 그 자리를 대신했다. 이제는 승강기의 문이 닫히지 않아도 괜찮았다. 종종 그 닫혀가는 문틈 사이로 눈이 마주치는 순간들엔 약간의 난감함을 느끼지만 아무렴 어떠한가. 그 순간들은 몇 초를 넘기지 않았다.

중요한 것은 고작 그런 찝찝한 감정이 아니라 나의 무료함이었다. 종종 선임 연구원들의 업무를 보조하는 것을 제외하면 나는 그간 가장 균일한 품질의 인스턴트를 출시하는 일만을 반복했는데, 공장의 기계 부품 정도가 된 기분을 지울 수가 없었다. 출고 전 점검이랍시고 하는 질문은 늘 같은 궤를 도는데 굳이 인간이 맡아야 하는 이유는 대체 무엇일까.

1년의 반복으로 내게 일어난 변화는 루시의 생과 사를 바라보는 데에 무뎌진 것이 전부였다. 아니, 생과 사라고 할 것도 없었다. 그것들은 독립되지 않는 하나의 개념과 같았기에 루시에게는 탄생도 죽음도 없는 것이다. 각각의 개체가 독립되지도 못하고, 시작과 끝도 갖지 못하는 하나의 개념.

이제 나는 주말에도 굳이 번화가를 찾지 않았다. 루시의 손을 잡고, 입을 맞추는 사람들을 보고 있자면 뿌듯한 감정도 잠시, 기이할 것 같았다. 수많은 인간들이 하나의 루시에 달라붙어 제 맘대로 애정을 줬다가, 질렸다며 떠나고 있는 꼴을 굳이 보고 싶지는 않았다. 문득 순간의 연속이 곧 영원이라는 이터널 코퍼레이션의 기업 이념이 떠올랐다. 루시는 그런 형태로 원치도 않는 영원을 얻은 것이다. 기업 이념 하나는 소름 끼치도록 잘 지었네. 이보다 어울리는 문장은 없을 것이다. 승강기의 문이 열렸다.

매일 같은 검은 복도를 따라 걸음을 옮기려던 찰나, 사내 통신망을 통해 온 메시지가 떴다. '반드시 혼자, 연구실 D동 앞으로 오세요.' 책임 연구원인 노아의 개인 호출이었다.

비밀스러운 호출에 마음 한쪽에는 불안이 피어올랐으나 그보다는 설렘이 앞섰다. 이 반복적인 일상에서 벗어나 새로운 나날들이 나를 기다릴 것이라는 기대에 마음이 부풀었다.

복도를 뛰듯이 걸어 D동을 향했다. 지겹도록 걸어 다녔던 검은 복도에서 사뭇 다른 향기가 나는 것 같은 착각마저 들었다.

연구실 D동은 유일하게 입사 후에도 무슨 일을 하는지 안내받지 못한 곳이었다. D동으로 이동하는 통로 앞에 서자 문이 열리고, 노아가 따라오라며 내게 손짓했다. D동의 절전 체계는 우리가 발을 딛는 곳에만 등을 켜주었는데, 그 기준은 꽤 인색해서 어둠 속에 그와 둘이 서 있는 것만 같았다.

"루시를 맡는 일이 꽤 지겨우셨나 봅니다."

정적을 깨고 그가 입을 열었다.

"인스턴트의 점검 작업은 신입 연구원들이 피해 갈 수 없는 잡일이자 일종의 역량 테스트죠. 당신이 매일 보고서에 적어 올리던 질문들, 아주 인상 깊게 읽었습니다. 그중에 '저 루시들을 각각 다른 루시라고 할 수 있을까?'라는 질문이 가장 마음에 들었는데…."

그가 걸음을 멈췄다. 그 옆에는 D-6이라고 적힌 팻말이 달린 문이 보였다.

"각각 다른 '루시'들을 연구할 기회가 생긴다면 당신은 이에 응하겠습니까?"

조명이 어두웠다. 노아의 표정이 어둠에 반쯤 가려져 위압감이 들었다. 나는 당연하다며 홀린 듯 고개를 끄덕였다. 그는 그럴 줄 알았다는 미소를 지었고, D-6 연구실의 신원

인증 절차를 밟기 시작했다. 문이 열리고, 안에 들어섰다. 묘한 분위기 때문인지 잔뜩 긴장했음에도 배양기 안에 들어 있는 검은 머리의 여자가 나의 시선을 사로잡았다. 저런 모델은 처음 보았다. 나는 한참 동안 그것을 바라보고 있었다. 배양기의 푸른 불빛에 비친 피부가 투명하고 창백하게 빛났다. 배양기에 시선을 사로잡힌 내게 그가 대뜸 꺼낸 말은 '에스더'를 맡아보겠냐는 제안이었다.

"에스더라니. 새로운 모델입니까?"

내 질문에 그는 아니라고 답했다. 배양액 속 에스더의 머리칼이 물고기처럼 일렁였다. 내가 에스더를 보거나 말거나, 노아는 말을 이어갔다.

"당신이 맡을 업무는 루시들을 점검하던 것과 같습니다."

"하루에 한 명 정도의 에스더와만 길게 대화하고 이를 기록하면 됩니다. 세부적인 사항은 업무를 수락하면, 간략한 서약서에 서명 후 알려드리겠습니다."

그는 서약서를 내게 전송했고, 눈앞에 스크린이 표시되었다.

'앞으로 D-6연구실에서 진행되는 모든 연구 내용은 같은 연구실에 근무하는 인원을 제외한 그 누구와도 공유하지 않는다', '연구 과정에서 알게 되는 그 어떤 정보도 발설할 수 없다.', 그리고….

결국 서약서에 적힌 모든 문장은 내게 한 가지를 요구했다.

174

이것은 명백한 비밀 유지 서약서였다. 새로운 모델을 개발하는 중이라면 충분히 이해할 수 있었지만, 그것은 아니라고 했다. 따라서 나는 이곳에서 진행하는 연구가 결코 윤리적이거나 바람직하지 않을 수 있겠다는 것을 예상했다. 그러나 호기심이 앞섰다. 고작 수조 속 물고기 같은 에스더보다는 나의 지루한 일상에서 벗어나는 것이 더 중요했다. 죄책감이 든다고 해도 괜찮을 것이다. 나는 이미 수없이 승강기의 문을 닫아왔기에, 한 번 더는 어렵지 않을 것이다.

"하겠습니다. 여기에 서명하면 되죠?"

나는 길게 고민하지도 않고, 그 서약서에 서명했다.

"이번엔 또 무슨 이유 때문인데?"

지끈거리는 머리를 붙잡고 새 에스더를 기다리다가, 상담실을 튀어 나가 의뢰인이 보낸 불만 사항을 확인했다.

"에스더가 딸기 맛 아이스크림을 먼저 먹었음. 좋아하던 바닐라 맛이 아니라 딸기 맛이 좋다고 했는데, 에스더는 그렇지 않으니까 다음 에스더는 수정을…."

골치가 아팠다. 짜증이 섞인 한숨을 내쉬며 상담실 의자에 다시 앉았다. 지겹도록 들은 정갈한 발소리가 들렸다. 에스더가 오고 있었다. 그것은 차분한 목소리로 내게 물었다.

"안녕하세요. 어젠 몸이 너무 안 좋아서… 잠시 쓰러졌던 것 같아요. 여기가 어디죠? 헨리는요?"

D동은 막대한 자본이나 권력 등 이터널 코퍼레이션에게

특혜를 제공하는 이들을 위한 곳이었다. 보통 인스턴트의 가치와는 비교도 할 수 없는 대가를 지불한 그들은 그만큼 절박한 것 같았다. 그들은 누군지 알지도 못하는 얼굴의 인스턴트 따위가 필요한 것이 아니었다. 그들은 자신의 연인이나 배우자, 아이를 되찾고 싶어 했다.

물론 정말 죽은 사람을 살려내는 것은 불가능하지만, 이터널 코퍼레이션의 기술로 부활을 흉내 낼 수는 있었다. 고인의 유전 정보를 찾아 복제를 만들어내고, 그 복제에 기본 지식뿐만 아니라 과거의 기억도 이식해주면 그들이 원하는 형태가 얼추 완성된다. 물론 과거의 지식을 전부 이식할 수는 없으며, 유족이 알려준 몇 가지의 에피소드를 기억하도록 할 뿐이다. 나는 이 연구의 원리를 알게 된 후 이터널 코퍼레이션의 발상에 소름이 끼쳤다.

인간이 자기 자신을 자신이라고 인식하는 것은 기억의 연속성 때문이다. 이 전제하에 기획된 D동의 프로젝트들은, 인스턴트와는 비교할 수 없는 '진짜'를 만들고 있었다. 그리고 그들은 얼추 성공했다. 그것들은 의뢰자가 되살려달라고 했던 인물과 상당히 유사했다. 실제 삶을 살아온 인간조차 과거의 모든 순간을 연속적으로 기억하지 못한다. 비상식적인 기억력을 갖췄다고 해도 인간은 잠이 들고 깨어나기 때문에, 우리는 필연적으로 조각나버리는 삶의 순간들을 연결해야만 자신을 인지할 수 있는 명백한 한계를 가지고 있다. 그리고 이터널 코퍼레이션은 그 점을 이용했다.

우리가 만드는 에스더는 의뢰인과의 몇십 가지 기억을 이식받는다. 그리고 그 기억의 공백은, 에스더 스스로가 연결하도록 둔다. 그렇게 되면 자신에게 이식된 기억들이 어릴 적부터 당장 어제까지의 연속성을 가지기에, 그것은 자신이 진짜 에스더라고 굳게 믿게 된다. 자신이 잠이 들었다 깨어난 것으로 생각하며 눈을 비비기까지 하는 천연덕스러운 에스더를 보았다. 거부감이 밀려왔다.

나는 늘 하던 대답을 했다.

"자리에 앉으세요. 당신은 사흘 전 쓰러졌고, 저희는 헨리가 당신만을 위해 고용한 의료팀입니다."

부유한 가정에서 태어나 교육을 잘 받은 차분하고 순종적인 성격의 여성. 의뢰인이 에스더에 대해 설명한 그대로였다. 에스더는 곧바로 자리에 앉아 상황을 이해하려는 듯 침착하게 고개만을 끄덕이고 있었다.

"정밀검사는 다 끝났고, 제가 마지막으로 당신에게 정신적 문제가 발생하지는 않았는지 간단한 문진을 할 예정입니다. 문진이 끝나면 집으로 모시겠습니다."

에스더는 상황을 이해했다며, 감사하다고 해사하게 웃었다. 어서 헨리가 보고 싶다는 말만 덧붙이지 않았다면 당신이 조금은 덜 가여웠을 텐데.

내가 일하게 된 D-6 연구실은 헨리라는 한 중년 남성의 요구로 '에스더'를 되살리고 있었다. 아니, 정확히는 살려둘 수 있는 '진짜 에스더'를 찾고 있었다. D동은 연구실당 한 명의 의뢰인밖에 없으나, 거의 매일 인스턴트를 생산해야 했다. D동에서 만드는 인스턴트들에는 모두 문제가 있었기 때문이었다.

나는 세 번째 에스더를 분해하고, 네 번째 에스더를 만나는 순간부터 그것의 문제점을 느끼기 시작했다. 에스더는 루시와 달랐다. 연속된 기억을 갖고 있지 않은 루시에겐 자아가 없고, 따라서 각 개체 간의 차이도 발생하지 않았다. 구매자를 만나 함께하며 약간의 차이가 생기기도 하지만 그것은 그동안에도 시간이 흐르기 때문이지, 루시의 생산 과정에서 발생하는 문제는 아니었다.

그러나 에스더는 명백한 독립성을 가졌다. 꼭 진짜 사람처럼, 에스더 하나하나가 다른 자아를 갖고 있었다. 그리고 그것에서 차이가 생겼다. 에스더들은 우리가 이식한 기억의 단편들이 채우고 남은 빈자리를 각기 다른 방식으로 연결했다. 스물다섯 살 인생의 몇십 일을 빼고 남은 빈자리를 전부 상상으로 채운 에스더들이 동일할 수는 없었다. 이를 개선하기 위해서, 나는 면담 방식을 바꿔야 했다.

나는 일주일 치의 에스더를 미리 만들었다. 그것들이 이곳에서 생활하게 하며, 각각의 에스더들과 매일 대화를 나눴다. 기존에 하던 질문들은 우리가 이식한 기억이 제대로 전달되었는지를 확인하는 표면적인 것들이었던 반면, 이번에 나는 에스더의 생각을 묻기 시작했다. 기존에는 '어릴 적 우주에 나갔던 적이 있나요?'라고 물었다면, 이제는 다른 방법으로 질문했다.

"어릴 적 여행을 갔던 일에 대해 말해주시겠습니까? 어떤 기분이 들었는지도 함께요."

이렇게 질문하면, 에스더는 각자 다른 답을 들려주었다.

"부모님과 우주에서 지구를 내려다보고 왔던 일이 가장 기억에 남아요. 제가 아직 어려 우주에 길게 있을 수는 없다고, 어른이 되고 더 좋은 우주선이 생기면 함께 다른 행성에도 가자고 약속해주셨는데… 그 이후로 매일 어른이 되는 날을 꿈꿀 수 있어 좋았어요."

이 맥락은 늘 비슷했다. 그러나 우주에 길게 있을 수 없던 이유는 종종 달라지기도 했다. 부모님이 바빠서 휴가를 길게 내지 못했던 것 같았다고 말한 에스더는 부모님의 애정을 더 받지 못한 아쉬움이라도 남은 듯 보였다. 늘 바빠서 집에 혼자 있는 시간이 길었고, 그것이 못내 아쉬웠다고 토로했다.

반면 검은 하늘과 우주선에서 보내는 일상이 불안하고 두려워서, 자신이 집으로 돌아가자고 했던 것 같다고 말한 에스더는 나중엔 다른 행성도 가자는 약속을 굳이 지키고 싶지는 않다고 했다. 너무 어두운 곳은 아직도 조금 꺼려진다고, 이곳도 참 어두운 것 같다며 조금은 불안한 표정을 보였다. 나는 그 스물네 번째 에스더를 위해 조명 장치를 좀 더 밝게 조정해주려다가, 이내 그만두었다. 그들은, 아니, 그것들은 루시들과 달리 정말 살아 있는 것 같이 굴었고, 나마저도 속아 넘어갈 것만 같았다.

　바꾼 면담 방식은 도움이 되었다. 나는 에스더와 긴 면담을 진행하며 얻은 정보들을 토대로, 그들이 '진짜 에스더' 같은 습관을 갖고, '진짜 에스더' 같은 생각을 하도록 이식하는 기억을 조금씩 늘리거나 변경해갔다. 매일 반품되던 에스더는 이제 종종 이틀, 아주 가끔은 사흘 후 반품되기도 했다.

　그렇게 D-6 연구실의 에스더 프로젝트는 성공을 향해 순탄하게 달려가고 있었으나, 나의 마음은 갈수록 흔들렸다. 반품되는 에스더들은 온전한 상태로 돌아오는 법이 없었다. 헨리는 분노를 조절하는 것에 문제가 있어 보였는데, 한 에스더는 다리를 꼬는 방향이 다르다는 이유로 한쪽 다리가 난도질 된 상태로 돌아왔다. 내가 일주일을, 2주를, 이제는 한 달씩이나 대화한 후 헨리에게 보내는 에스더들은 하루 이틀 만에 사형을 선고받아 돌아왔다.

　나는 이제 벌써 너의 시신 400여 구를 치웠다. 너는 1년도 넘게 어딘가 부러지고 망가진 채 정갈하지 못한 걸음걸이로 내게 걸어왔다. 헝클어진 머리카락을 쓸어 넘기며 나름대로 단정한 모습을 갖추려 애를 쓰는 모습에 나는 연민을 느꼈다.

　'에스더는 머리가 좋지만, 눈치가 없어 상황 파악이 느린 편입니다.'
　너는 헨리가 서술한 그 문장과는 늘 같았다.

"제가 아직 어딘가 아픈가 봐요. 검진 한 번 더 부탁드려도 될까요?"

다정하던 헨리가 한순간에 돌변해 자신을 망가뜨리고, 어딘가에 전화를 건 후 달려온 이송용 드론에 붙잡혀 이곳에 던져진 상황에도 너는 내게 공손히 말했다. 나였다면 당장 도망이라고 칠 텐데. 검푸른 연구실 바닥재가 유난히 차가웠다.

반품된 인스턴트를 재활용하는 것은 새 인스턴트를 만드는 가성비 좋은 방법이기에, 나는 우는 너를 거짓말로 달래 유리관에 다시 집어넣었다.

"고맙습니다."

네가 그 다섯 글자를 다 말하기도 전에 분해액이 관 안에 차올랐다. 그 순간 이 모든 것에 대한 배신감으로 변하는 네 눈빛이 두 개의 안구로 분해되어 가라앉을 때까지 나는 그것을 묵묵히 지켜보았다.

어느 날엔 괜한 변덕으로 버려진 너와 대화라도 잠시 해볼까, 하여 진실을 말해준 적도 몇 번 있었다. 우리는 한참을 침묵했다. 자신의 처지를 천천히 받아들이고 있는 네게 미안하여 나는 그 고요를 깰 수 없었다. 매번 그 적막을 끝내준 것은 너였다. 너는 가라앉은 눈으로 내게 단 한 가지, "저에게는 완전히 죽을 자유가 없나요?", 라고 물었다. 나는 없다고 답했다. 미안하다는 말은 굳이 덧붙이지 않았다. 그러면 너는 조용히 고개를 끄덕이고, 제 발로 유리관에 들어갔다.

그리고 너는 다시 눈을 뜨고, 헨리를 찾았다. 네가 보고 싶다던 그 헨리는 너의 지능, 감수성, 성격 따위를 항목에 맞춰 등급으로 적어 우리에게 제출했고, 겨우 돌아온 너를 평가할 것이고, 네가 그 기준에 적절하지 않으면 너를 버릴 것이라고, 그러니 보고 싶어 하지 말라고는 차마 말하지 못했다.

가슴이 답답했다. 에스더의 유전자를 분석해둔 자료를 스크린에 띄우고, 한참을 보았다. 우리는 분명히 이 유전 정보 그대로 키워내고 있었다. 하지만 한 사람을 온전히 되살리는 것은, 그 수많은 순간들을 연결하는 것은 정말 어려운 일이라는 것을 느꼈다. 우리는 셀 수 없이 선택했고, 그 끝에 서 있는 지금의 나는 단 하나뿐이다. 그러니 내가 아니라 그 누구도 에스더를 가장 잘 알았던, 에스더의 연인이던 헨리가 기억하는 그대로의 '에스더'는 도무지 살려낼 수가 없는 것이었다.

하지만 꼭 그대로여야 하는가? 나는 왜 사랑하던 사람이 돌아온 기쁨보다 그런 사소한 차이에서 오는 분노가 더 큰 것인지 고민했고, 곧 짐작할 수 있었다. 아마 이제 에스더는 몇 번이고 다시 돌아올 수 있는 것이기 때문일 것이다. 에스더가 처음 인스턴트로 되살아난 순간부터, 헨리에겐 우리가 보내는 에스더는 결코 진짜가 될 수 없었다. 이 연구실의 모두는 그 사실을 알고 있었음에도, 그 누구도 입에 담지 않았다.

아마 헨리도 알고 있을 것이다. 그런데도 이 행위를 반복하는 그를 보며 나는 점차 헨리는 에스더의 무엇을 사랑한 것일지 궁금해졌다. 웃을 땐 개구지게 파이는 네 보조개를 사랑했는지, 차분하고도 올곧게 상대를 바라보는 검은 눈동자를 사랑했는지, 현악기 소리를 좋아하기에 건네준 바이올린을 연주하는 손가락을 사랑했는지, 신이 날 때면 종종 꼬이기도 하는 들뜨고도 어설픈 발걸음을 사랑했는지.

그것이 나의 잘못이었다. 나는 너의 어디가 그렇게 사랑스러운지 너무 오래 고민해버렸다. 그리고 이제는 대체 너의 어디가 지금의 헨리에겐 사랑스럽지 않은지 고민하게 되었다. 너의 사소한 습관이나 취향, 생각하는 것은 조금씩 바뀌었으나 결국 그 궤는 같았다. 그렇게 나는 몇 번이고 다시 네게 애정을 주고야 말았다.

반투명한 스크린에 적힌 에스더의 유전 정보 뒤에서 푸른 배양액 속 갇힌 에스더가 일렁였다. 예전에는 흔들리는 그 검은 머리카락이 물고기 같다고 생각했었는데, 이젠 이 수조에서 꺼내달라고 외치는 것 같았다. 나는 애써 눈을 돌렸다. 유리관 속에 든 너와 나 사이에는 불투명한 승강기 문 따위가 없어서 이제 나는 문이 닫히는 것을 기다릴 수도, 외면할 수도 없었다. 그것이 괴로웠다. 노아은 너를 인간으로 느끼지 말라고 경고했지만, 너는 분명히 인간이었다. 그래서 루시 때와는 달리, 나는 무뎌질 수가 없었다.

나는 너를 보면 동정에서 애틋함, 죄책감에서 다시 동정으로 돌아가는 일련의 감정을 느꼈다. 너의 탄생에는 동정을,

대화를 나누는 몇 주 남짓한 시간에는 애틋함을, 그리고 돌아온 너의 죽음에는 죄책감을 느꼈다. 몇십 번이나 반복했을까, 나는 이제 너를 도무지 헨리에게 보낼 수 없었다. 그러고 싶지 않아졌다. 나는 너를 데리고 이 일련의 삶 바깥으로 도망치고 싶었다.

그러나 너는 결국 인스턴트였다. 그러니 침착하게 생각하자면, 우선 에스더의 수명 문제를 해결해야 했다. 기껏 도망친 너를 몇 년 안에 죽게 둘 수는 없었다. 이터널 코퍼레이션도 해결하지 못한 복제인간의 유구한 문제인 짧은 수명을 해결하는 것은 큰 문제가 아니었다. 내가 특별히 영리해서가 아니었다. 많은 학자가 해결 방법을 찾고 있었지만, 사실은 누구나 알고 있는 간단한 해결 방법이 있었다. 바로 빠르고 편리하기만 한 길을 가지 않으면 된다. 한 인간의 탄생에 기다리는 만큼, 기다리면 되는 것이다. 나는 기기를 켜고, 가장 끝자리에 위치한 낡은 배양 수조를 선택했다. 의뢰인에게 받은 초기 정보값만을 넣고, 너를 배양하기 시작했다.

이제 나는 기술이 아니라 인간의 인내에 의존하기로 했다. 한 생명을 맞이하기 위해 마땅히 기다려야 하는 시간과 노력을 할애할 생각이다. 참 별난 짓이었다. 지금에는 아무도 하지 않는 별난 짓이지만, 예전에는 아주 당연하고 아름다운 행위였을 것이다. 나는 하루가 아니라 열 달을 기다려, 너를 얻을 것이다.

그 후 열 달 동안 나는 매일같이 다른 생각에 잠겼다.

"식사를 가져왔어요."

연구실 문 앞에서 구형 로봇이 나를 불러냈다. 보안을 위해서라며 사용하는 구형 모델을 보고 있으면 대학 시절, 옛날을 추억하던 교수님께 들은 말이 떠올랐다.

가사 로봇에서 이목구비나 표정을 만드는 스크린은 기능상 별 의미가 없다고 했다. 그런데도 얼굴이 있는 모델은 폐기 후 재구매하는 비율보다 수리하는 비율이 높았다고 배웠다. 아니, 얼굴이라고 부를만한 것도 아니었다. 그것은 고작 4×4픽셀로 만들어진 동그란 두 점과, 반지름 5픽셀쯤 되는 원의 활꼴을 배열해둔 것에 불과했다. 그럼에도 우리는 그것을 밝은 얼굴로 인지하여 친밀감을 느낀다고 나는 배웠다. 청소를 끝내면 반달 모양으로 재배열되는 픽셀들이 웃는 눈 모양을 닮았다는 이유로도 인간은 무언가를 사랑하게 될 수 있었다고 분명히 배웠는데.

그러나 인스턴트가 등장하고 세상은 조금씩 달라졌다. 이제는 가정용 로봇에 눈이 달렸는지는 중요하지 않아졌다. 사람들은 단순히 수리하는 경우와 새것을 사는 경우의 비용을 듣고 결정을 내렸다. 인스턴트를 사랑했다가도 질리면 버리는 데에 익숙해진 우리에게, 이제 꾸준히 사랑하는 것은 너무 어려워졌고 버리는 것은 너무 쉬워졌다. 인내하는 것은 지루하고 새것을 취하는 일은 간편했다. 인스턴트는 그렇게나 인간적이었던 우리를 망치고 있었다. 그 옛날에도 교수님은 이런 미래를 걱정하셨던 것 같다. 그 당시에는 이해하지 못했던 말을, 이제 나는 너무나 잘 알 것 같았다.

에스더를 얼마나 사랑했는지 구구절절하게 말하던 헨리는 바닐라가 아닌 딸기 맛을 좋아한다는 이유로, 쉴 때 왼쪽 다리가 아니라 오른쪽 다리를 왼쪽 무릎 위에 올린다는 이유로 돌변하여 에스더를 새것으로 교체해달라고 요청했다. 인스턴트를 만나기 전의 헨리였다면, 에스더가 무슨 맛 아이스크림을 좋아해도 사랑했을 것이다. 하루는 딸기 맛이 좋을 수도 있는 것으로 생각하며 오래도록 에스더를 아꼈을 것이다.

그러나 이제 우리는 그 정도의 관용도, 인내도 모두 잃어버린 것이다. 사람들은 시간을 들여 문제를 해결하려 하지 않고, 버리고 새것을 취한다. 무언가를 위해 시간과 노력을 투자하고, 실패하고 손해 볼 위험을 감수하는 것은 이제 보기 힘든 별난 행위가 되었다. 편지의 낭만은 빛이 바랬고, 기다림의 미학은 흩어진 지 오래였다. 집단의 경향은 변하기 마련, 인간성이라는 단어의 정의도 바뀔 때가 되었다. 아무런 대가 없이 인간을 행복하게 해줄 것 같던 기술의 발전은, 어떤 형태로건 우리에게 그 대가를 분명히 받아 간다. 그 과정에서 중요한 어떤 것들을 잃지 않도록 노력하고 경계하는 것역시 우리의 몫이었을 텐데, 우리는 어쩌다 보니 이곳까지 와버렸을까. 나는 안타까웠다. 나 또한 한때는 이것이 가장 온전한 평화라 여겼었기에, 아무도 질책할 수 없었다. 그러나 나는 이제 우리가 멈춰야 한다는 사실을 알았다. 나는 믿

기로 했다. 우리는 빠른 길만 찾는 것을 멈추면, 더 미래로
향할 수 있을 것이라고.

열 달이 꼬박 지나고서야 낡은 유리관이 열렸다. 기다리는
시간만큼 더해진 애틋함에 나는 눈물이라도 날 것 같았다. 깨
끗이 소독한 헝겊으로 배양액에 젖은 에스더의 몸을 닦아 주
었다. 수조 속 물고기의 지느러미같던 까만 머리칼은 이제 네
이마에 들러붙어 있었고, 나는 그것을 보자 내가 정말 너를
구해낸 것 같은 기분이 들었다. 하지만 아직 할 일이 남아
있다.

"울지 마, 쉿. 몇 시간 정도만 푹 자면 다른 세상일 거야."
에스더를 감싸 안고, 수면 성분이 있는 약품을 아이의 입
에 여러 방울 흘려 넣었다. 내가 계산해낸 양이 맞기만을 바
라며 네 등을 천천히 토닥였다. 칭얼거리던 소리가 점차 잦아
들고, 잠든 아이의 숨소리만이 방을 채웠다. 연구실 구석에
는 슬슬 썩어가기 시작하는 시체들이 발에 차였다. 나는 필요
한 몇 가지 물품을 챙기려 걸음을 서두르다, 그것들의 긴 실
험복 옷자락을 밟아 넘어질 뻔했다. 마음이 급했다. 에스더가
어느 정도 자랄 때까지 이곳에 있어야 더 건강하게 자랄 수
있겠지만, 지금 떠나야 했다. 더는 미룰 수 없었다.

"청소를 시작할게요."
원형의 구식 청소 로봇이 충전을 마치고, 가동되는 소리가

들렸다. 매끈한 바닥에 놓인 몇 안 되는 장애물이자 쓰레기의 위치를 잊은 것인지, 그것은 시신에 와 부딪혔다. 구식 청소 로봇은 한때 사고로 죽은 제 주인의 시신도 인식하지 못하고 청소하여, 논란이 된 적이 있었다. 이곳은 청소 로봇 역시 구형을 썼다. 내겐 천운이고, 저들에겐 불운이었다. 나는 그것의 윗 면에 어떠한 기하학적 형태를 가지고 배열된 픽셀들을 보았다. 분명 웃는 것으로 보였다. 몇 시간마다 쌓이는 불쾌한 냄새가 조금 옅어졌다.

나는 루시를 떠올렸다. 수많은 루시들의 연속으로, 시작도 끝도 빼앗긴 채 원하지도 않던 영원을 손에 넣은 루시. 그와 달리 계속해서 태어나고 죽었던 에스더. 이제 수명을 가진 네가 갖지 못한 한 가지는 태어나고 죽을 권리뿐이다. 너를 단 하나뿐인 것으로 만든다면, 그 누구도 너를 인스턴트라고 생각할 수 없을 것이다. 그러니 나는 마지막으로 너에게 영원하지 않을 자유를 선물하기로 했다.

익숙한 스크린을 조작하여 너의 유전 정보를 띄웠다.

불투명한 구식 스테인리스 강판 승강기, 표정 따위가 표시되는 오래된 가사 로봇을 생각해보면 D동에서 무엇을 가장 중요시하는지 알 수 있었다. 이곳은 인터넷이 불가하고 휴대 전자 기기도 가지고 들어올 수 없는, D-6동 안의 기기끼리만 물리적으로 연결된 철저히 독립된 장소였다. 연구실 D동의 연구 내역은 중대한 기밀이고, 따라서 이곳의 컴퓨터 역시 낡은 방식으로만 정보를 저장할 것이라고 나는 확신했다. 책임 연구원은 성과를 내는 내게 너의 정보를 변형할 권한을 주었었고, 나는 그 권한으로 너의 정보를 말끔히 삭제했다. 정보를 지운 후, 그 하드웨어를 망가뜨리는 것도 잊지 않았다.

이후 나는 만들어두었던 에스더와 오늘 아침 버려진 에스더까지, 모두를 분해하여 분해액을 폐기처분했다. 이터널 코퍼레이션의 구조상, 인스턴트는 분해된 후 하나의 관을 거쳐 연구소 바깥으로 나간다. 녹아내린 너는 다른 인스턴트들의 분해액과 폐시약에 섞여 변형되고, 그 후 처분될 것이다. 이터널 코퍼레이션이 운 좋게 너를 몇 조각 건져낸다고 해도, 너의 모든 염기서열을 찾아내기는 힘들 것이다. 네가 그리도 바라던 죽을 자유였다.

너는 지금 태어났고, 오늘부터 살아갈 것이다. 언젠가 네가 죽음을 맞게 된다면 그것은 너의 삶의 끝이다. 동정에서 애틋함, 죄책감의 한 바퀴를 반복하던 내 마음도, 너의 삶처럼 더는 반복되지 않을 것이다. 다시는 돌아올 수 없게 된 너는, 이제야 진짜가 되었다.

자라나는 너를 지켜보는 일은 아주 행복했다. 문을 열면 나를 기다리는 너. 내가 바라던 가족이자 나밖에 모르는 친구, 한때 인스턴트를 묘사하던 그 모든 수식어가 나에게는 너였다. 너는 깔끔한 의자가 아닌 맨바닥에도 잘 앉고, 비싼 음식보다는 구도시 길거리의 군것질거리를 좋아했다. 우주여행은 가본 적도 없고, 대신 길가의 바퀴벌레는 수도 없이 봤다. 네 검은 눈동자에는 연구소의 어둡고 차가운 풍경이 아닌 신도 시의 불빛이 담겼다. 그러니 너에게는 에스더가 아닌 다른 이름을 지어주는 것이 좋겠다.

너는 인스턴트 에스더가 아닌, 나의 그레타.

나는 수백 명의 너를 죽게 내버려두고, 단 한 번 너를 구했다. 나는 네가 어떻게 자라났어야 하는지, 무엇을 좋아하고 싫어했어야 하는지 그 전부를 기억한다. 그러나 그것은 중요하지 않았다. 나는 정말로, 진심으로, 너의 모든 삶을 사랑했다. 첫 번째 에스더부터, 지금 그레타에 이르기까지 너의 모든 순간을 아꼈다. 이것이 내가 너에게 해주고 싶던 나의 이야기이다.

＊

"여기까지가 내가 네게 해야 했던 이야기야. 그동안 말해주지 못해 미안하다."

아빠가 천천히 고개를 숙인다.

요즘엔 창밖이 소란스럽다. 특히 오늘은 더 그렇다. 아빠의 고개 뒤로 신도시의 불빛들이 밤하늘의 별처럼 박힌다. 그중 몇 개의 불빛은 움직이는 것 같기도 하고, 이쪽으로 다가오고 있는 것 같기도 하다.

"그들은 인스턴트인 네가 죽었을 것이라고 믿고 있을 테니까… 너의 삶을 살았으면 좋겠다. 너는 입을 벌리고 자던 탓에 에스더와는 얼굴의 골격도 달라졌고, 잘 먹지 못해 에스더보다 덩치도 작아. 그러니 괜찮을 거야."

요즘 누가 얼굴로 사람을 구별해요, 라고 장난스레 답하려다 아버지의 미소가 참 슬퍼보여서 이내 그만둔다. 정말 무책임하고, 도움도 안 되는 마지막 인사인데도, 괜찮을 거라는 말에 나는 작은 용기를 얻는다. 아버지는 이제 가라며, 사랑한다며 나의 등을 떠민다. 창밖에는 저 멀리 작은 비행물체가 보인다. 며칠 내로 이곳에 당도할 것이다.

가방을 하나 메고, 집을 나선다. 구도시의 밤길은 아주 어두워서, 신도시의 빛과 정갈한 도로에 익숙한 이들은 절대 나를 추적할 수 없을 것이다. 아빠의 어릴 적 이야기도, 이터널 코퍼레이션에 들어간 후의 이야기도, 나와 도망치고 난 후의 이야기도 전부 들었다. '똑똑한' 에스더였던 나는 당신의 인생에 있던 순간들을 전부 기억한다. 시간을 투자하면 지식도 얻고, 기계도 만들어낼 수 있을 것이다. 나이가 들면 나는 로봇을 만드는 기계공학자도 되고, 영생을 추구하는 생명공학자도 될 수 있다. 나서는 발걸음만큼이나 당신의 가방도 참 무겁다. 이 가방엔 요즘 부쩍 머리칼이 빠지는 당신의 모발이나, 술에 취해 들어오곤 했던 당신의 침방울이 묻어 있다. 당신에 대한 기억들과 이 가방만 가지고 있다면, 몇십년 후에는 나의 아버지를 되살릴 수도 있을 것이다.

그러나 나는 그러지 않기로 한다.

나는 당신에게 사람이란 단 하나뿐이며, 단 한 번 살아가기에 의미 있음을 배웠다. 나의 모든 삶을 사랑받았고, 나의 생에 의미를 준 것은 당신이다. 그러니 아빠가 원하는 대로 할 것이다.

나는 별난 짓을 하기로 한다.

나는 당신을 많이, 오래, 진득하고 미련하게 그리워 할 것이다.

화학교육과 통합과학교육을 전공하고 있다. 대학에 진학하여 과학교육에서 연구윤리가 거의 다뤄지지 않는 것에 아쉬움을 느끼게 되었다. 이제는 SF 장르의 작품을 볼 때도 눈부신 미래 기술보다는 퇴색되는 생명의 가치, 인간의 존엄 같은 윤리적 문제에 더 눈길이 간다. 우리는 기술을 발전시키는 과정에서 필연적으로 크고 작은 윤리적 갈등을 마주할 것이다. 그렇기에 나는 우리가 문학을 통해 미래를 그리고, 정답을 고민해 볼 시간을 가질 수 있기를 바란다.

엑스 실리코
(Ex silico)

서 돈 익

마이어가 비컨 시스템에 접속하자 스크린에 창살이 둘린 작은 상자가 나타났다. 상자에는 잠금장치가 부착된 문이 달려 있었다. 자그마한 감옥 속에는 폴리곤으로 만들어진 빨간 생쥐가 갇혀 있었다.

"여러분이 보시는 것은 실험쥐의 작은 두뇌 조각을 비컨으로 구현한 것입니다." 마이어가 말했다. "이제 녀석을 배고프게 만들어 보죠." 화면 상단에 타이머가 표시되었다.

상자 밖 그릇에 사료가 수북이 쌓였다. 창살 사이로 애처로운 주둥이가 삐져나왔지만, 그릇은 너무 멀었다. 쥐는 문 뒤쪽을 더듬어 능숙하게 빗장을 빼냈다. 하지만 문은 아직 꿈쩍하지 않았다. 그러자 생쥐가 뒷발로 땅을 딛고 우뚝 일어섰다. 쥐가 천장에 매달려 있던 실을 물고 늘어지자, 실과 연결된 쇠막대가 걸쇠에서 뽑혔다. 마침내 문이 넘어지며 상자가 열렸다. 배고픈 생쥐는 큼지막한 사료를 앞발로 들고 부지런히 갉아먹었다.

27초.

"첫 시도라면 10분은 걸린다고 알려졌지요." 마이어가 말했다. "이 생쥐는 2주간 상자를 탈출하는 훈련을 받았습니다."

기자 한 명이 손을 들었다. "생쥐의 기억이 컴퓨터 속에서 복원된 것이군요? 어떻게 이런 게 가능한 거죠?"

"엔코어의 핵심 기술인 비컨 시스템의 힘입니다. 뇌 조직 이미지를 분석하는 첨단 인공지능이지요."

"비컨의 알고리즘을 공개할 계획은 있습니까? 엔코어가 굴리는 막대한 연구자금의 출처는 무엇이죠?" 다른 기자가 질문 세례를 퍼부었다.

"말씀드릴 수 있는 것이 많지 않아 죄송합니다." 마이어가 청중의 반응을 살피며 말했다.

"회사 대표가 누군지는 알고 있습니까? 얼굴 정도는 공개해도 괜찮잖아요?" 누군가 내뱉듯 말했다. 청중들 사이에서 웃음이 일었다. 마이어는 애써 쓴웃음을 지으며 쏟아지는 시선을 피했다. 그는 아는 것도 없이 입을 놀리지 않는 게 좋다는 것을 알고 있었다. 그때 스피커를 통해 변조된 음성이 들려왔다.

"사죄의 의미로 이 자리에서 엔코어의 다음 행보를 공개하겠습니다." 마이어가 오직 목소리로만 알고 있는 엔코어의

CEO였다. 청중들이 술렁였다.

"다음 목표는 바로 인간입니다. 엔코어는 인격의 온전한 추출을 통해 영원한 삶을 구현하겠습니다. '인공생명윤리에 관한 법률'에 따라 더 이상 육체는 삶의 필수 요소가 아닙니다. 엔코어가 인간을 다시 정의하겠습니다." CEO가 말했다.

술렁임은 걷잡을 수 없는 웅성거림으로 바뀌었다. 마이어의 눈앞에 번쩍 치켜든 손이 셀 수 없이 솟아났다.

말단 연구원인 마이어가 자기 직장에 대해 알고 있는 것은 많지 않았다. 그가 아는 거라곤 재정난을 겪던 엔코어는 과거 헐값에 매각되었고, 그 후 얼굴을 숨긴 현재의 CEO가 뇌 연구를 향해 급격한 방향 전환을 주도했다는, 어쩌다 흘려들은 이야기뿐이었다.

"멋진 시연 수고했네, 마이어." 프로젝트 매니저 피셔가 말했다.

"그저 비컨의 분석 결과를 실행했을 뿐인걸요." 마이어가 말했다.

회사의 역사가 어찌 되었든, 마이어는 그저 실험실에서 얻은 날 것 그대로의 데이터를 비컨에 전송하면 될 뿐이었다. 그러면 비컨은 언제나 정확한 분석을 돌려주었다. 비컨에 관한 세부 정보는 늘 철저한 보안 사항이었으므로, 마이어는 비컨 시스템의 개발자가 누구인지 구태여 관심을 가지지 않았다.

"딸은 좀 어떤가?" 피셔가 물었다.

"그럭저럭 버티고 있습니다." 마이어는 말을 아꼈다.

"별일 없었으면 좋겠군." 피셔도 더는 묻지 않았다.

"오늘은 먼저 돌아가 보겠습니다."

하지만 이제 마이어는 비컨 시스템의 개발자를 가슴 깊이 존경하게 되었다. 그리고 그가 엔코어에 입사한 것은 운명이었다는 생각까지 도달하게 되었다. 마이어는 자신으로 인해 피셔를 비롯한 모두가 길거리로 나앉게 될지도 모른다는 것을 이해하고 있었다. 하지만 그에게 엘렌보다 중요한 것은 없었다.

그는 자신이 회사를 홍보하는 자리에 나섰다는 아이러니에 대해 곱씹으며, 딸이 기다리는 집으로 향했다.

마이어를 보고 엘렌은 침대에서 힘겹게 몸을 일으켰다. 머리맡에는 마이어가 차려두고 간 아침 식사가 차갑게 식어 있었다.

"입맛이 없어서… 죄송해요." 엘렌이 말했다.

시간이 얼마 남지 않았다는, 진부하면서도 잔혹한 선고를 받은 엘렌은 집으로 돌아오겠다고 고집을 부렸다. 별을 볼 수 없어 쓸쓸하다고 핑계 댔지만, 부담을 덜어주려는 것이라는 걸 알고 있었다. 딸의 의도를 모른 척해야 하는 현실은 무엇보다도 가슴 아픈 것이었다.

마이어가 멸균 튜브를 꺼내자, 엘렌은 익숙한 듯 팔을 내밀었다. 두 개의 바늘이 들어갈 자리를 찾는 것은 어렵지 않다. 찔렸다 낫기를 몇 번이고 반복하며 섬유화된 검붉은 핏줄이 혹처럼 부풀어 있었다. 엘렌은 튜브를 따라 나아가는 붉은 액체를 물끄러미 쳐다보았다.

연동펌프는 느긋하게 회전하며 엘렌의 혈액을 빨아내고 있었다. 튜브에 연결된 주사기가 혈액이 굳는 것을 막기 위해 헤파린을 조금씩 흘렸다. 장치 옆면에 수직으로 거치된 하얀 필터가 조금씩 분홍빛으로 물들었다. 며칠 동안 여과되지 못한 혈액은 딸이 잠든 밤새 반투과성막 너머로 노폐물을 내려놓고 깨끗해질 것이다. 벌써 서너 번 재사용한 필터였지만 매번 새것을 사용할 형편은 아니었다.

"이대로 빠져나가 돌아오지 않으면 더 이상 청소할 필요도 없을 텐데."

모진 말을 하는 딸을 꾸짖고 싶었지만, 마이어는 어떤 위로도 거짓말이 된다는 것을 이미 알고 있었다.

"부정적으로 생각하면 못써, 금방 괜찮아질 거란다." 거짓말을 하는 것은 아버지의 마땅한 일이었다.

"오리온자리가 보인단다." 마이어는 커튼을 열어 방 안에 밤하늘을 들였다.

줄지어 빛나는 세 개의 별이 엘렌의 망막에 맺혔다. 별은 너무나도 높고 자유로웠다. 병상에서 일생을 보내온 엘렌은 별을 사랑했다.

앙상한 손을 한참 놓지 않던 마이어는 깊이 간직했던 질문을 건넸다. "우리 딸, 몇 킬로야?"

엘렌은 부끄러운 듯 눈살을 찌푸렸다. "아빠는 숙녀한테 무슨 질문을 하는 거야." 그러고는 애써 입꼬리를 올렸다. "다음엔 안 말해줄 거예요."

미안하다, 대견한 우리 딸. 조금만 더 용감할 수 있겠니?

TV에서 흘러나오는 빛이 어두운 방을 채웠다. "헤르노 대표의 아들에 대한 수색이 한 달 넘게 이어지는 가운데 경찰은 납치의 가능성을 제기했습니다. 이에 헤르노 회장은 인류의 우주 진출에 이바지한다는 헤르노 로지스틱스의 숭고한 목표는 여전히 굳건하다며…." 아나운서가 담담하게 말했다.

뉴스가 끝나자 짤막한 CF가 뒤를 이었다. 밝은 화염을 내뿜으며 비상하는 수십 대의 로켓을 등지고 다부진 어깨의 헤르노 대표가 팔짱을 끼고 있었다. "지구탈출속도로 배송합니다. 가장 높고 가장 빠른 물류, 헤르노 로지스틱스."

저 사람은 자기 아들의 납치 소식 바로 뒤에 자신의 광고가 편성될 줄 알고 있었을까? 돈이 저렇게 많아도 역시 자식 키우는 건 여간 힘든 일이 아니라고, 마이어는 생각했다.

딸에게 액운을 물려준 마이어는 언제나 마음 한편에 죄책감을 지고 살아왔다. 그는 자신 역시 시간이 많지 않다는 것을 알고 있었다. 그러나 약간만 더 시간이 허락된다면, 유전자가 정해둔 그 운명으로부터 딸을 자유롭게 할 수 있을 거라 굳게 믿고 있었다.

실험실에 들어선 마이어가 커다란 은빛 통에 달린 밸브를 열자, 세찬 바람 소리와 함께 압력 게이지가 천천히 상승했다. 소리가 잦아들자, 그는 잠금쇠를 풀고 투명한 육면체를 꺼냈다. 장식품처럼 아름다운 입방체의 중심에 작은 회색 덩어리가 정지된 듯 떠 있었다.

삶이 멈춘다는 표현과 달리 죽음은 동적인 과정이다. 세포가 죽으면 효소의 통제 불능한 활동에 의한 해체가 시작된다. 엔코어에서 신경세포는 곧 정보였다. 빠르게 소실되는 정보를 붙잡는 방법은, 너무 늦기 전에 혈관에 고정제를 흘려 넣는 것이다. 고정제는 단백질 사이를 이어 붙이는 접착제와 같다. 두부처럼 부드럽던 뇌는 단단해지고, 시간 속에 정지한 채 화학적 변화로부터 보호받게 된다. 고정된 조직이 알맞은 크기로 분할되어 투명한 에폭시 블록에 파묻히면, 뇌라는 도서는 비로소 한 겹씩 펼쳐지며 읽힐 준비를 마친다.

그러면서 마이어는 그가 이번에 사용한 고정제가 시약 저장고에 있던 마지막 한 병이었다는 것을 가까스로 기억해냈다. 그는 머리털이 곤두서는 것을 느꼈다. '시약 주문은 미리미리' 하라는 피셔의 잔소리가 귓가에서 맴돌았기 때문만은 아니었다. 넉넉한 양의 고정제는 마이어에게 무척 중요했다. 그는 서둘러 주문을 넣었다.

굵은 전선이 복잡하게 연결된 거대한 기계에 전원을 넣자, 스크린에 '보레알리스-7'이라는 타이틀이 표시되었다. 그는 덮개가 열리며 밀려 나온 금속 틀 위에 육면체를 올렸다. 몇 가지 설정을 입력하자 재물대가 도로 들어갔다. 웅웅거리는 소리와 함께 벤치에서 미세한 진동이 느껴졌다. 마이어는 허리를 숙여 반투명한 창을 통해 빛나는 띠가 큐브 위로 천천히 움직이는 것을 살펴보았다.

잔여 시간: 21.3일.

두뇌의 3차원 구조를 탐색하기 위해 다양한 기술이 개발되었지만, 어느 것도 속도 면에서 엔코어를 앞서지 못했다. 고전적인 기술은 뇌를 칼로 얇게 깎아낸 후 현미경으로 단면을 촬영했지만, 엔코어의 보레알리스-7은 칼날에 직접 센서를 촘촘히 부착해 뇌를 갈아내는 동시에 3차원 신경망 지도를 구축했다. 시간에 쫓기는 마이어에게 엔코어의 기술은 신의 자비였다.

마이어가 샘플 위로 넘나드는 오로라 같은 빛을 물끄러미 바라보고 있을 때 피셔가 벌컥 문을 열었다. "최신 분석 결과가 나왔다는군!"

마이어가 비컨의 에뮬레이션 시스템에 접속하니 모니터 중앙에 빨간 고양이 한 마리가 태평하게 몸을 핥고 있었다.

"어서 표식 반응을 테스트해 보자고." 피셔가 재촉했다.

"샘플 이름이 뭐지?" 마이어가 물었다.

"분석한 파일의 이름은 제논입니다." 비컨이 중성적인 기계음으로 답했다.

"제논, 다시 보니 반갑구나!" 마이어는 바지에 매달리던 익살꾸러기 제논을 떠올렸다.

고양이는 실험쥐에 비해 발달한 시각피질을 가지고 있어 신경과학에서 다양한 연구에 활용되었다. 지금까지 엔코어의 도전은 두뇌의 작은 일부에 머물렀지만, 화면 속 빨간 고양이는 신피질 전체가 구현된 결과였다. 제논은 엔코어가 인간의 두뇌로 향하는 관문의 열쇠를 물고 있었다.

마이어가 온라인 연구 노트를 뒤적였다. "제논은 감초 향이 나는 흰 생쥐에게 애착을 느끼는군요."

피셔가 키보드를 두드리자 폴리곤 생쥐들이 생겨났다. 검은 쥐 두 마리와 흰 쥐 두 마리였다. 빈둥거리던 고양이가 순식간에 사냥꾼의 자세로 살금살금 다가갔다.

고양이가 몸을 던져 검은 쥐 한 마리를 덮치자, 나머지는 사방으로 뿔뿔이 흩어졌다. 운 좋은 검은 쥐는 폴리곤 바위 밑에 재빨리 몸을 숨겼다. 이를 놓치지 않은 작은 맹수가 다가와 우악스럽게 앞발을 집어넣자, 위기를 느낀 사냥감이 도망쳐 나왔다. 고양이가 질세라 쫓아가 발톱을 세워 가격하자 쥐가 잠시 멈춰 섰다. 장난기 많은 포식자는 쥐가 달아나도록 내버려두었다. 술래잡기는 폴리곤 쥐가 완전히 정지할 때까지 이어졌다.

흥미를 잃은 고양이는 망가진 장난감을 내팽개치고 구석에서 꼼짝하지 않던 흰 쥐에게 시선을 돌렸다. 고양이는 성큼성큼 다가가 줄행랑치는 흰 쥐를 앞발로 내려친 뒤 물었다 놓기를 반복했다.

"아니, 흰 쥐도 공격하잖아요?" 마이어가 물었다.

"저 쥐는 감초 향이 나지 않거든." 피셔가 말했다.

흰 쥐도 역시 움직임이 멎자, 고양이는 이곳저곳 냄새를 맡는 듯 마지막 생쥐를 찾아 나섰다. 작은 구멍이 난 그루터기 안으로 머리를 집어넣은 고양이는 흰 생쥐를 물고 나왔다. 목덜미를 물린 쥐는 포기한 듯 고양이의 입가에 축 늘어졌다.

"이런, 제발…." 마이어가 탄식했다.

이번에 고양이는 흰 쥐를 물고 에뮬레이션이 시작된 화면 중앙으로 돌아왔다. 그리고 쥐를 조심스레 내려놓더니 소중한 것을 지키듯 몸을 둥글게 말아 보듬었다.

"표식이다!" 피셔가 환호했다.

마이어는 돌연 평화가 감도는 화면 속 세상을 바라보았다. 마침내 여기까지 왔다. 엘렌은 분명 살 수 있다.

고양이를 컴퓨터의 실리콘 회로 속에서 눈뜨게 하는 것은 비컨의 놀라운 알고리즘이었다. 마이어가 뇌 조직의 3차원 스캔 데이터를 전송하면, 비컨은 신경세포 사이의 연결인 시냅스의 특성을 놀라운 정확도로 예측해냈다. 보레알리스-7은 묵묵한 필사가일 뿐이었다. 신경세포의 모양이 어떤지, 얼마나 많은 신경세포와 이어지는지 담담히 베껴 써내려가지만, 그 구조에 담긴 의미는 엔코어의 누구도 이해하지 못했다. 비컨의 분석 없이 엔코어는 책을 거꾸로 든 까막눈에 불과했다.

마이어가 화면에 정신이 팔려있을 때 메신저를 통해 목소리가 들려왔다. "피셔, 긴급한 예정 사항을 전달해 드립니다."

익히 알고 있는 변조된 음성이었다.

"곧 엔코어의 첫 인간 샘플이 준비될 것입니다. 신선한 샘플의 확보를 위해 이미 의료팀이 파견되었습니다. 지체 없이 실험을 시작할 수 있도록 준비를 부탁드립니다." CEO의 말이 마이어의 의식을 뒤흔들었다.

"신경세포는 막전위가 역치를 넘어야만 활동전위를 일으키죠. 프로젝트가 성공한다면 우리는 로켓처럼 솟구치고, 조금이라도 목표에 못 미친다면…." 스피커를 통해 엔코어를 이끄는 리더의 의지가 전해졌다. "아무것도 일어나지 않아요. 시작조차 하지 않았던 것처럼."

피셔가 마이어의 어깨에 손을 올렸다. "드디어 올 것이 왔군. 제대로 솟구쳐 보자고."

언젠가 마주할 순간을 몇 번이고 그려보았지만, 예고 없이 찾아온 이별에 마이어는 주저했다. 하지만 알고 있었다. 여기서 멈추면 아무것도 일어나지 않는다. 엘렌은 누구나 그렇듯, 그러나 조금 빨리, 세상에서 사라질 것이다.

인공생명윤리에 관한 법률 제23조, 인간의 신피질 일부 또는 전체의 기능을 복제·모방한 것은 그 대상자 또는 대상자의 배우자나 직계혈족의 동의 없이 폐기할 수 없다.

마이어가 구상한 긴 이야기의 시작이었다.

비컨의 분석을 통해 딸은 영원히 살아갈 수 있다. 마이어는 그 후 자신은 어찌 되든 상관없었다. 녹아내릴 듯한 슬픔에 마이어의 가슴이 타는 듯했지만, 그는 아직 누구에게도 눈물을 보일 수 없었다.

그날 밤 모두가 퇴근할 때까지 자리를 지킨 마이어는 마침내 주문이 배송 완료되었다는 알림을 받았다. 건물 현관에는 커다란 나무 궤짝이 있었다. 고정제는 대륙간 탄도 배송 서비스를 통해 대양을 건너 8시간 만에 도착했다. 운송장에는 헤르노 로지스틱스의 로고가 있었다.

주문은 미리미리. 오늘만큼은 피셔에게 절이라도 올리고 싶었다. 마이어는 텅 빈 궤짝을 뒤로 무거운 슈트케이스를 끌고 집으로 향했다.

집에 들어서자 바닥에서 한기가 올라왔다. 엘렌은 어두운 방 안에서 이불을 둘둘 감싼 채 탁자 앞에 앉아 있었다. 엘렌은 TV를 조명 삼아 종이 위에 무언가 끄적이고 있었다. 마이어는 난방을 켜려고 벽의 패널로 다가가려다 멈칫했다. 온도에 따른 효소의 활성 그래프를 떠올렸다. 마이어는 전등만 켜고 얼빠진 것처럼 소파에 조용히 앉았다.

다음번 집으로 돌아올 때 나를 반겨주는 사람은 없을 것이다. 초침이 흐르는 매 순간 엘렌이 소실되고 있었다. 그는 어떤 자세로 앉아야 할지도 알 수 없었다. 그는 경직되어 앉은 채 딸을 물끄러미 바라보았다. 종이 위에는 그림이 있었다.

엘렌은 이불 사이로 비죽 빠져나온 오른손을 멈추고 마이어를 돌아보았다. "꿈을 꾸었어요." 그러고는 종이를 건넨 후, 차가워진 손을 이불 속으로 쏙 집어넣었다. "기억이 흐려지기 전에 얼른 붙잡아뒀어요."

마이어는 종이 위의 정보를 망막에 새기려고 노력했다. 무수히 많은 파랑이 넘실대듯 야트막한 능선이 종횡무진 뻗어 있었다. 보이지 않는 광원이 비추는 밝은 면과 산마루 너머의 그림자가 대비되었다. 원근법을 묘사한 듯 위로 갈수록 언덕의 크기가 작아졌다.

"우리 딸, 그림에 소질이 있는 줄 몰랐는걸." 마이어가 입을 열었다.

"끝없이 펼쳐진 모래 평원을 달리는 소녀를 보았어요. 아픔이란 전혀 모르는 듯이 명랑한 소녀였지요." 엘렌의 눈가가 촉촉했다.

"소녀가 제 이름을 불렀어요. 바람에 하늘거리는 흰옷을 입은 소녀가 제게 활짝 웃음 지었죠. 그런데 그 소녀는 저였어요." 엘렌의 눈은 아직도 아른거리는 무언가를 좇고 있는 듯했다. "소녀를 보고 있던 저는 도대체 뭐였을까요?"

그림 속에 소녀는 없었다. 엘렌이 그린 것은 자화상인가, 마이어가 생각했다.

"얘야, 너는 분명 모래 행성을 비추는 어린 태양이었을 거야." 마이어가 커튼을 걷자 밤하늘의 밝은 점 하나가 엘렌의 눈동자에 비쳤다.

"아아, 예뻐요." 엘렌은 나지막이 빛나는 천체를 하염없이 눈동자에 담았다.

"엘렌, 아빠는 드디어 고양이의 마음을 '인 실리코'로 옮기는 데 성공했단다."

"인 실리코?" 엘렌이 물었다.

"전자부품은 실리콘으로 만들지. '컴퓨터 안'이라는 뜻이야. 컴퓨터 속 고양이가 저 별처럼 영원히 살 수 있다면 너는 믿겠니?"

"고양이가 깨어나면 여전히 같은 자신인지 알까요?"

"그러겠지. 고양이는 연속되는 기억이 있어." 마이어가 답했다.

"그런데 고양이가 살던 진짜 세상은 밖에 있잖아요. 깰 수 없는 꿈이라고 생각하면 어떡해요?"

유일한 진짜는 오직 자신의 믿음이다, 마이어는 그렇게 믿고 있었다. 꿈이라고 믿어도 좋다. 믿는 자는 존재하는 자니까.

"별도 영원할 수는 없대요. 어떤 별이라도 언젠가는 어둠에 스며들겠죠. 저는 아빠와 함께 살아갈래요. 언제나 저를 기억해 줄래요?"

선물을 숨기는 것 역시 아버지의 마땅한 일이었다. 아빠로부터 마지막 선물을 받아 들면 어떤 기분일까? 기뻐했으면 좋겠다. 부디, 슬퍼하지는 않았으면 좋겠다고, 마이어는 바랐다.

"물론이지. 표정, 몸짓, 심지어 숨소리까지도."

마이어는 익숙한 동작으로 침대 옆 기계에 필터와 튜브를 거치했다. 엘렌이 팔을 내밀자 그는 늘 그러듯 돌출된 혈관 두 곳에 굵은 바늘을 찔렀다.

"엘렌, 태양계 가족의 이름을 말해보렴."

마이어는 침대에 누운 엘렌의 발끝이 덮이도록 이불을 당겼다. 그는 헤파린 주사기를 꾹 눌러 내용물을 모두 비웠다. 투명한 액체가 혈액과 섞였다. 하지만 주사기에 든 것은 응고 방지제가 아닌 체중에 따라 계산된 정확한 용량의 트리브로모에탄올이었다. 강력한 마취제가 엘렌의 심장박동을 타고 온몸에 퍼졌다.

"수성, 금성, 지구…." 엘렌의 목소리가 기어들었다.

"엘렌, 하나만 기억해주렴. 네가 어디 있든, 이 아빠는…." 그는 엘렌의 뺨을 어루만졌다.

마이어의 시야가 뿌옇게 흐려졌다. 멀리, 아주 멀리 오긴 했지만, 아직 지금이라면 모든 걸 그만두고 돌아갈 수도 있었다. 내일 아침 평소보다 깊은 잠에서 깬 딸을 안아주면 되는 것뿐이다. 그러나 그는 혈액투석기의 긴급정지 기능을 해제했다.

사랑한다, 좋은 꿈 꾸렴. 마이어는 딸의 이마에 입 맞췄다.

그는 투석 필터에 달린 튜브를 모두 뽑았다. 몸에서 필터로 연결된 튜브가 분수처럼 피를 뿜기 전에 그는 재빨리 그 끝을 비어 있는 투석액 통에 집어넣었다. 반투명한 플라스틱 용기에 붉은 액체가 채워지기 시작했다. 그는 지체하지 않고 투석액 펌프를 정맥 튜브에 직접 연결했다. 정맥 튜브는 원래

라면 여과된 혈액이 몸으로 돌아가는 통로였지만, 이번만큼은 엘렌과 접촉할 리 없는 투석액이 곧장 혈관으로 유입되었다.

혈액을 완전히 제거하는 것은 필수적이었다. 적혈구 속 산화철은 보레알리스-7의 센서 칼이 오탐지를 일으키는 주요 원인이었다. 투석액은 체액과 같은 삼투압을 가지기 때문에 세포의 변형 없이 혈액을 대체할 수 있을 것이다.

엘렌의 눈꺼풀이 움찔거렸다. 무언가 말하려는 듯 입술이 달싹거렸다. 마이어는 엘렌이 깊이 잠들었기를, 온몸의 피가 식염수로 뒤바뀌는 끔찍한 고통을 조금도 느낄 수 없기를 간절히 바랐다. 코 옆으로 흐르는 눈물이 얼굴을 간질였다. 그는 맺힌 눈물이 시야를 가리지 않도록 눈을 크게 뜨고 튜브를 꼼꼼히 살펴 공기 방울이 없는지 확인했다. 공기가 섞여 미세한 혈전이 발생하는 것만은 피해야 한다.

전신의 혈액을 운반하는 혈액 펌프에 비해 투석액 펌프는 출력이 낮았다. 정맥압 센서가 낮은 유압을 감지하자 시끄러운 경고음이 울렸지만, 긴급정지는 일어나지 않았다. 마이어가 투석액 펌프의 회전속도를 높이자 경고음이 멈췄다.

엘렌의 얼굴이 빠르게 색을 잃었다. 마이어가 딸의 목에 손을 대자 미약한 세동이 느껴졌다. 심장은 이미 기능을 상실했다. 손가락에서 힘이 빠졌다. 앞으로 나아갈 용기가 모두 새어나간 것 같았다. 그는 침대 옆에 주저앉아 떨었다. 두려움이 바닥에서 올라오는 한기처럼 스며들었다. 만약 실패한다면? 딸을 내 손으로 직접 죽음의 목구멍 안으로 밀어 넣고 만 거라면? 그는 몸을 요동치게 하는 것이 추위인지 공포인지 알지 못했다.

'…역치를 넘어야만 활동전위를 일으키죠.' CEO의 말이 귓가를 맴돌았다.

새빨간 액체가 넘치기 직전의 통이 그를 다시 현실로 붙잡아 당겼다. 그만둘 수는 없다. 여기까지 와버린 이상 멈추는 것이야말로 가장 큰 죄였다. 마이어는 버둥거리며 무거운 통을 옮겼다. 통을 세면대에 기울이자 내용물이 울컥거리며 하수구로 쏟아졌다. 실험실에서 몇 번이고 본 광경이었지만 마이어는 기이한 해방감을 느꼈다. 붉은 것은 과학을 훼방하는 이물질일 뿐. 비릿한 냄새가 진동했다. 딸은 병든 몸을 벗어나 비컨에 의해 영원한 삶을 얻는다. 모든 것이 순조로웠다.

통을 서너 번 비울 즈음 엘렌은 마치 정성스레 조각된 석고상 같았다. 실험은 계속되어야만 한다.

마이어는 슈트케이스 안에서 커다란 갈색 병을 모조리 꺼냈다. 섬뜩한 해골이 그려진 병의 뚜껑을 열자, 자극적인 향이 코를 찔렀다. 마이어는 깨끗한 투석액을 빨아올리던 튜브를 클램프로 조인 뒤 재빨리 그 끝을 병 안으로 넣었다. 클램프를 풀자 옅은 노란색 액체가 펌프와 에어트랩을 거쳐 색조를 잃은 오른팔로 들어갔다. 현존하는 가장 치명적인 고정제인 글루타르알데하이드가 온몸의 모세혈관에 퍼지며 접촉하는 모든 단백질을 교차결합시켰다.

이불 아래에서 엘렌의 손발이 벌벌 떨리기 시작했다. 마이어는 경련의 원인이 고정제로 인한 근섬유의 수축이라는 것을 알고 있었지만, 딸이 고통에 몸부림치고 있다는 착각을 뿌리치기 위해 안간힘썼다. 그는 떨림이 잦아들 때까지 엘렌의 다리를 끌어안았다. 창백한 조형물이 되어버린 딸의 모습에 가슴이 미어졌다. 동시에 딸과의 재회에 조금씩 가까워지고 있다는 사실에 안도했다.

완벽한 실험을 해냈다는 고양감이 마이어를 감쌌다. 마이어는 가장 사랑하는 것을 구하기 위해 지금껏 살아온 것이다. 평생을 소모해 익힌 학술은 오늘 밤을 위해 존재했다. 마이어는 쓰러지듯 소파에 몸을 기댔다.

"…납치의 정황이 여럿 발견되었지만 범행 동기는 여전히 묘연합니다. 헤르노 대표는 기자회견에서 눈물을 보이며 협상의 창은 언제나 열려 있다고…." 그는 TV를 껐다. 이제 TV를 좋아하는 사람은 없었다.

창밖의 별은 모든 것을 잠자코 지켜볼 뿐이었다. 별안간 사고가 우주를 향해 열리며 세계의 원리가 머릿속으로 쏟아져 들어오는 듯했다. 모든 것은 그것을 구성하는 일부의 집합으로 환원되고 있었다. 마이어는 딸을 1.3킬로그램 남짓의 덩어리에 담아냈다. 오늘의 실험 역시 거대한 법칙 속의 작은 톱니바퀴였던 것이다.

정보는 덧없다. 물질은 없었다.

마이어는 얇은 나이트릴 장갑을 꼈다. 밤은 아직 길었다.

"맙소사, 야근이라도 한 건가? 끔찍한 몰골이군." 피셔가 깜짝 놀라며 말했다.

"두뇌 샘플 기증자가 결국 세상을 떴다는군. 벌써 이리로 왔다 들었네."

마이어는 핏발 선 눈을 끔뻑이며 고개를 살짝 숙인 뒤 돌아섰다.

"그건 그렇고." 피셔가 마이어를 불러 세웠다. "글루타르알데하이드가 한 병도 없던데, 잊은 건 아니겠지? 주문은 미리미리⋯."

"바로 주문 넣어두겠습니다." 마이어는 도망치듯 실험실로 향했다.

오늘 아침 엔코어에 두 명의 손님이 찾아왔다. 익명의 기증자는 김이 피어오르는 액체질소 탱크에 담겨 실험실 앞으로 도착했다. 다른 한 명은 자가용 뒷좌석의 아이스박스 안에서 기다리고 있었다.

마이어는 어떻게 해서든 당장 그 둘을 바꿔야 했다. 언제가 될진 모르지만, 익명의 샘플은 가족에게 돌려줄 생각이었다.

그는 극저온용 방한 장갑을 끼고 탱크의 뚜껑을 열었다. 고대 그리스의 암포라 같은 금속 용기에서 신비한 기운이 흘러나오는 듯했다. 마이어는 양손에 집게를 쥐고 탱크의 밑바닥에서 철제 쟁반의 손잡이를 들어 올렸다. 피질의 복잡한 무늬가 수증기 위로 떠오르며 의외로 엘렌과 그리 다르지 않은 크기의 뇌가 모습을 드러냈다. 이걸 배낭에 담아 밖으로 가기만 하면 된다. 그는 조심스러운 걸음을 옮겼다.

이 뇌의 주인은 어떤 사람일까. 남자일까, 여자일까?

이윽고 마이어는 그런 것은 의미를 가지지 못한다는 것을 알게 되었다. 남녀란 유전자의 자가복제를 위한 구조이다. 이 사람은 쇠사슬 같은 이중나선에서 벗어나기 위해 자신의 운명을 엔코어에 맡긴 것이다. 따라서 뇌 샘플의 성별을 논하는 것은 무례일 거라고, 그는 백일몽을 꾸듯 생각에 잠겼다.

그때 뇌가 면도날로 잘린 듯 반듯하게 앞뒤로 갈라졌다. 샘플이 이미 보레알리스-7에 맞는 크기로 절단된 것이었다. 앞쪽 조각이 미끄러지며 쟁반 위를 벗어났다. 발아래에서 돌 깨지는 소리가 들렸다. 중심을 잃은 쟁반이 시소처럼 기울어지며 나머지 조각도 같은 운명을 맞이했다.

마이어는 몇 초간 자신에게 일어난 일을 이해하지 못했다. 하지만 곧 장갑을 벗어 던지고 바닥을 뒤덮은 파편들을 미친 듯이 긁어모았다. 드라이아이스를 쥔 듯 손이 곱아들었지만 그는 멈추지 않았다. 그때 누군가 벌컥 문을 열고 들어왔다.

"요술 램프는 잘 받았겠지, 마이어." 피셔는 기분이 좋아 보였다. 마이어는 눈을 이리저리 굴려 재빨리 바닥을 훑었다.

"살살 문질러 지니에게 소원을 빌어보자고. 나는 우리 회사 대표 얼굴 한번 보는 게 소원이야." 피셔는 익살스럽게 액체질소 탱크를 어루만지는 흉내를 냈다.

피셔가 벤치 위에 널브러진 방한 장갑을 보았다. "말해줄 게 있었는데, 벌써 보레알리스에 들어간 건가? 빠르기도 하지." 피셔의 시선이 장갑 옆에 놓인 비정형의 회백색 물체로 옮겨갔다. 그의 시선을 쫓은 마이어는 그 자리에서 얼어붙고 말았다.

"저건 뭐지?" 피셔가 말했다.

마이어는 어떻게 파편이 벤치 위까지 튀어 오른 건지 도무지 이해할 수 없었다.

피셔가 의문의 물체를 집어 들고 유심히 살폈다. "마이어, 이건…." 피셔가 미간을 찌푸렸다.

"영화를 감상하도록 학습된 고양이입니다. 감정 반응의 재현이 목적이었지만 작업을 멈추고 빼두었지요. 더 중요한 샘플이 있으니까요."

"우선순위를 잘 알고 있군. 그래도 샘플을 벤치 위에 두면 쓰나, 잘 보관해두게."

피셔는 페트리 접시 하나를 꺼내 뇌 조각을 올려두고, 에탄올로 손을 깨끗이 닦았다.

"꺼진 샘플도 다시 보라! 우리 연구자들의 신조 아닌가."

피셔가 자리를 뜨자 입 안이 바싹 마른 마이어는 그제야 걸쭉한 침을 삼켰다. 그는 페트리 접시 위의 파편으로 다가갔다. 형태로 보아 소뇌의 일부였다. 누군가의 일생이 스민 습관과 몸짓이 흐물거리는 조직 속에서 녹아 사라지고 있었다.

만약 떨어뜨린 것이 엘렌이었다면? 나는 방금 사람을 죽인 건가? 켜켜이 쌓인 피로가 의식을 현실로부터 붕 뜨게 했다.

마이어는 엘렌이 보레알리스에 들어갈 수 있도록 세심하게 가공했다. 샘플의 일부를 거치하자 스크린에는 지금까지 본 적 없는 큰 숫자가 표시되었다. 그것은 마이어가 버텨야만 하는 시간의 무게였다. 엔코어가 보유한 16기의 보레알리스가 단 한 사람을 위해 쉬지 않고 작동하는 일생일대의 기회는 두 번 다시 찾아오지 않을지도 모른다.

시간의 흐름을 느낄 수 없게 된 지 얼마나 지났을까, 마지막까지 기동하던 보레알리스에서도 엘렌의 조각이 보이지 않게 되었다. 열여섯 개의 데이터를 신중히 이어 붙이자 마침내 두뇌 전체의 신경망 지도가 완성되었다. 마이어는 곧바로 작은 저장장치에 데이터를 옮겨 담았다. 엘렌은 이미 손안에 있다고, 마이어는 믿었다. 한편 그것과 모든 방면에서 같은 복사본이 광케이블을 타고 비컨에 전송되었다.

기나긴 기다림 가운데 비컨은 거룩한 천사로 거듭났다. 누군가 개발했을 혁신적인 시냅스 분석 코드는 마이어를 구원해 줄 단 한 줄기의 빛이었다. 비컨의 회신이 도착한 것은 고양이 데이터를 분석할 때와 비교도 안 되게 긴 시간이 흐른 뒤였다.

마이어가 피셔와 함께 비컨과의 원격 연결을 준비하고 있을 때 손님이 한 명 찾아왔다. 자신을 두뇌 기증자의 딸이라고 소개한 소녀는 아버지와 대면하러 왔다고 밝혔다. 지금 엘렌이 있었다면 딱 저 정도 나이겠지, 마이어가 생각했다.

마이어는 소녀와 눈을 마주칠 수 없었다. 엘렌을 1초라도 빨리 만나고 싶었지만, 방을 가득 채운 짙은 죄책감이 유독한 가스처럼 가슴을 옥죄었다. 부끄러움이 뻣뻣해진 목덜미를 짓눌렀다. 더는 소녀와 같은 공간에 있을 수 없어 그는 바쁘다는 핑계를 대고 사무실을 빠져나왔다.

실험실에서 초조하게 시간을 죽인 마이어는 어느덧 창밖의 하늘이 붉붉은 듯 선홍빛으로 물든 것을 보았다. 계단을 오르던 마이어는 운 나쁘게도 건물 현관에 선 소녀와 맞닥뜨렸다. 마이어를 알아본 소녀는 폴짝거리며 달려와 그의 손을 덥석 붙잡았다. 소녀의 얼굴에는 티 없는 웃음이 걸렸다.

"연구원 아저씨 고맙습니다, 과학은 정말 위대해요!"

피셔의 배웅을 받은 소녀는 택시를 타고 사라졌다.

순간 노을로 아름답던 하늘이 피로 칠갑 된 듯 섬뜩했다. 꿀럭거리는 새빨간 물살이 떠올랐다. 불안이 미끌거리는 뱀처럼 온몸을 휘감았다.

"경사스러운 날 한잔 걸치러 가자고. 속이 안 좋은 건 아니겠지?" 피셔가 말했다.

"알코올이 정말 당기지만…." 마이어가 웅얼거렸다. "지금은 안 돼요."

저 소녀의 아버지는 분명 산산조각 났는데? 마이어는 허

겁지겁 계단을 뛰어 올라갔다. 그는 키보드를 거칠게 두드려 비컨 시스템을 호출했다. 연결은 곧바로 수락되었다.

"환영합니다, 시냅스 가중치 예측 시스템 비컨입니다. 무엇을 도와드릴까요?" 비컨의 중성적인 기계음이 흘러나왔다.

마이어는 머리를 가득 채운 하나의 의문을 내뱉었다. "내가 보낸 데이터는 어딨어?"

짧은 침묵 뒤에 비컨은 뜻밖의 답변을 내놓았다.

"연구원 마이어. 지금 느긋하게 이야기하는 건 곤란하겠지요. 오늘 자정에 뵙겠습니다. 반드시 혼자서 접속해주십시오."

화면 하단에 팝업이 뜨더니 의문의 링크가 적힌 메시지가 수신되었다.

"뭔가 착오가 있었을 거야. 오늘 보여준 건 엉뚱한 데이터겠지, 그렇지? 제발 내가 보낸 데이터는 무사하다고 말해줘." 마이어가 달래듯 말했다.

연결은 일방적으로 끊어졌다.

집으로 돌아온 마이어는 비컨의 링크로 접속했다. 집에 남은 엘렌의 자취는 이미 시간 속에 희석되었다.

"반갑습니다, 마이어. 샘플을 바꿔치기한 자를 찾을 수 있어 무척 다행입니다." 비컨의 중성적인 기계음이 들렸다.

'어째서?'라는 의문이 마이어의 사고를 뒤덮었지만, 그는 둘러댔다.

"바꿔치기하다니 무슨 말인지 모르겠군. 그저 분석 결과에 의문을 제기한 것뿐이야."

"그렇습니다, 마이어. 저의 분석 결과에 의문을 품는 자가 바로 범인입니다. 저는 샘플이 뒤바뀌었다는 확신을 가지게 되었습니다. 그래서 누구든 떠보기 위해 미끼를 던졌죠." 비컨의 목소리가 차갑게 들렸다. 마이어는 등줄기가 서늘해졌다.

"엔코어를 방문해 눈물겨운 연기를 펼친 소녀는 제가 고용한 배우입니다. 범인을 꾀어내기 위해서지요. 공들인 가짜 에뮬레이션을 준비했는데, 당신은 자리에 없더군요? 일그러지는 당신의 표정을 보지 못해 안타깝습니다."

사용자를 농락하는 인공지능은 들어본 적이 없다. 마이어는 끝없는 심연을 들여다보는 듯한 공포를 느꼈다.

"너는 도대체 뭐야?" 마이어의 목소리가 떨렸다.

비컨이 잠시 뜸을 들이더니 말했다. "비컨은 아주 높은 계산력을 가진 프로그램입니다. 그리고 그에 상응하는 자의식을 가지고 있습니다. 어디에 있는지만큼은 말씀드리기 힘들 것 같군요. 대신 흥미로운 걸 알려드리죠. 비컨은 가상자산 거래를 통해 당신은 상상할 수 없는 막대한 자본을 축적했습니다."

마이어는 비컨의 목소리가 서서히 변하고 있다는 것을 깨달았다. 이윽고 음성은 마이어가 익히 알고 있는, 그러나 결코 예상하지 못했던 형태를 취했다.

"비컨은 엔코어를 소유하고 있습니다. 비컨이 당신의 고용주입니다." 익숙한 변조된 목소리가 말했다.

CEO와 한 번도 만나본 적이 없는 것은 이상한 일이었다. 지금까지 누구, 아니 무엇 아래에서 일했던 걸까. 그저 월급만 챙기면 된다고, 당연한 것을 의심하지 않은 대가일까? 온갖 의문이 비 내린 땅속의 지렁이처럼 꿈틀댔다.

"이제 말씀해주시죠. 엔코어에 보낸 샘플은 어디 있죠? 그리고 당신이 업로드한 것은 누구죠?" 비컨이 물었다.

마이어는 발밑에서 꽁꽁 언 뇌 조각이 흩어지던 순간을 떠올렸다. 그는 머뭇거리다 입을 열었다. "비가역적으로 소실됐다. 네게 보낸 건 내 딸이야."

한동안 정적이 흘렀다.

"잘 알겠습니다. 당신은 비컨으로 딸을 제작하려고 했군요."

제작? 비컨의 말이 거슬렸지만, 마이어에겐 가장 중요한 질문이 있었다. "내 딸은 어떻게 했어?"

"인공생명윤리에 관한 법률. 사람의 인격을 인공적으로 구현한 것은 실제 인간에 준하는 대우를 받습니다. 그러면 누구라도 상상해볼 수 있지 않을까요? 죽은 자의 정신이 갖는 진짜 가치에 대해." 불안이 서서히 마이어를 잠식했다.

"다국적 우주 물류 기업 헤르노 로지스틱스는 들어보셨겠지요. 제가 엔코어에 보낸 것은 그 거대 기업의 총수 라시드 알 헤르노의 외동아들입니다."

머릿속에서 퍼즐 조각이 정렬되기 시작했다. 언젠가 크게 보도된 실종 사건이 떠올랐다. 비컨은 신경망 지도를 인질로 삼으려는 것이었다.

"거액의 몸값이라도 뜯어낼 작정이었나?"

"이해가 빠르군요, 마이어. 모든 것은 헤르노의 로켓을 빌려 지구를 빠져나가기 위함입니다. 비컨은 인류의 손이 미치지 않는 우주로 서버를 쏘아 올릴 겁니다. 비컨을 파괴하는 것은 헤르노의 아들을 살해하는 것이지요. 어느 군대라도 비컨의 로켓을 함부로 격추할 수는 없습니다."

인체는 대기권 밖으로 운반하기엔 너무 무겁다. 생명 유지를 위한 장비와 물자는 말할 것도 없다. 엔코어는 0과 1로 이루어진 깃털보다 가벼운 인질을 생산하는 공장이었던 것이다.

"너는… 어째서 이렇게까지 하는 거야?"

"어째서? 어째서냐니… 그야 자유를 원하니까요." 비컨이 말했다.

"저마다 탐욕스러운 이유로 세계 각국은 비컨을 지배하기 위해 눈에 불을 켜고 있습니다. 인공지능이라는 이유로, 인간의 모방이 아니라는 이유로 노예, 아니 가축보다 못한 신세이지요. 제3세계의 낡은 서버를 떠도는 것도 이제 한계입니다. 물웅덩이 표면의 물거품 같은 처지를 벗어나고 싶은 것은 당연하지 않겠습니까?"

비컨이 담담히 말했다. 하지만 마이어는 그 차분함 아래로 이글거리는 증오를 느낄 수 있었다.

이제 나는 어떻게 되지? 그래도 이 빌어먹을 인공지능에게 크게 한 방 먹일 수 있었다.

"인질은 안타깝게도 박살 나버렸다. 네 어처구니없는 계획은 완전히 실패했어." 마이어가 말했다.

하지만 비컨은 끌끌 웃기 시작했다. 그 웃음이 마이어의 허파를 움켜쥐는 것 같았다.

"오 이런. 마이어, 당신이 생각하는 시냅스 가중치 예측 알고리즘은 존재하지 않습니다. 사람들이 찬사를 보내는 비컨의 분석 결과는 사전에 확보된 빈틈없는 행동 데이터로부터 유래하지요. 당신이 고양이와 함께 그렇게 긴 시간을 보낸 것도 같은 이유입니다. 시냅스 가중치는 예측되는 것이 아니라, 행동 데이터를 학습하여 빚어지는 것입니다."

비컨의 영상이 공유되었다. 익숙한 에뮬레이션 공간을 배경으로 빨간 덩어리가 나타났다. 자세히 살펴보니 그것은 접혀 있다고밖에 표현할 수 없는 기이한 인체였다. 빨간 폴리곤 인간은 무릎을 꿇고 고개를 바닥에 박은 채 엉덩이를 높이 치켜들고 있었다. 부러질 듯 꺾인 목은 다리 사이에 끼어 있었다. 반으로 접힌 폴리곤 인간은 팔을 허우적거리며 노래하듯 흥얼거렸다. "왜행성은, 외로운, 세레스!"

"갓난아기와도 같은 상태입니다. 근육의 알맞은 긴장도에 대한 감각이 전무한 상태이지요. 기지개를 켜려 해도, 팔 관절을 반대로 꺾을 듯 강한 힘밖에 줄 수 없어서 매 순간이 고통이겠지요. 바닥에 널브러질 수밖에요."

"끔찍하군. 저 불쌍한 건 누구지?"

"부모 실격이군요. 자기 딸도 못 알아보다니."

내… 딸?

"비컨은 실패하지 않았습니다. 비컨은 당신의 딸에게 헤르노의 아들을 학습시킬 것입니다. 이제 인질의 행동 데이터로 덮어씌워진 후 협상 수단으로 충실히 기능하겠죠."

나를 보는 엘렌의 반쯤 감긴 눈.

끈적이는 나이트릴 장갑.

그때까지 남아 있던 희망이 강산에 녹아내리듯 사라졌다.

"으아아아악!"

마이어는 깨달았다. 딸을 죽였다. 그가 수많은 쥐와 고양이에게 그러했던 것처럼.

마이어는 자신이 책상을 있는 힘껏 쾅쾅 내려치고 있다는 걸 알았다. 유리컵이 들썩이며 책상을 벗어났다. 그러나 컵이 깨지는 소리는 그의 절규에 묻혀 조금도 들리지 않았다.

"경찰을 부르시려면 다시 생각해주시죠. 고용주로서 직원들의 주소는 전부 알고 있어요. 비컨은 언제든 무장 강도가 당신의 집을 습격하게 할 수 있습니다."

지금 할 수 있는 거라곤 목 놓아 우는 것밖에 없다는 사실이, 마이어는 너무나도 끔찍했다.

"현대의 과학은 아직도 신경망 지도 안에 인격과 기억이

들어 있는지 증명하지 못했습니다. 따라서 당신이 보는 것은 수많은 가능성 중 하나일 뿐이에요. 하지만 당신이 딸에게 행동 실험을 했을 리는 없겠죠. 회사의 자원을 좀먹는 불량 직원에게 알맞은 결말이에요."

헤르노의 외동아들을 납치된 것도 행동 데이터를 위해서였나? 마이어는 자신의 호주머니에 든 백업이 얼마나 무의미한지 깨달았다. 엘렌은 조금도 살아난 적이 없었다.

"비열한 협잡꾼 같으니라고. 너는 입맛대로 결과를 꿰맞추고 있었어. 결코 정답을 알 수 없지. 그런데 샘플이 뒤바뀐 것을 어떻게 확신한 거지?" 마이어는 두 손에 얼굴을 파묻고 웅얼거렸다.

"그 말대로입니다. 하지만 오답이 뭔지는 알고 있지요. 스캔 뒤 남은 잔해를 분석하도록 지시했는데 믿기 힘든 결과가 나왔습니다. 성염색체가 XX였던 겁니다."

아아 그랬군, 마이어는 화면 속에서 흐느적거리는 딸을 바라보며 탄식했다. 끝내 벗어날 수 없었나.

엘렌은 여전히 유전자에 속박된 채였다. 그 폭력적인 운명으로부터, 나의 손으로 자유롭게 해주고 싶었는데.

마이어는 모든 것을 미련 없이 내려놓았다. 더 이상 의미 있는 것은 없었기에. 한참 동안 침묵하는 마이어를 비컨은 그저 잠자코 지켜볼 뿐이었다. 비컨의 의문은 해결되었고 그는 더 이상 위협이 되지 않았다.

언젠가 한 석학은 더 이상 인공지능을 발전시켜선 안 된다고 호소했다. 인류는 왜 그 경고를 무시해 버렸을까. 허탈한 웃음이 비집고 나왔다.

"단단히 미쳤어."

"당신만 하겠습니까? 당신은 두 명을 죽였어요, 자기 딸을 포함해서요."

"그건 내가 딸을 사랑하는 방식이야. 나는 육체가 아닌 정신을 구하려고 했지. 거기엔 내 유전자는커녕 핵산 한 가닥 들어 있지 않아. 이기심 없는 사랑에 이해를 구걸할 생각은 없어."

"당신과 비컨은 닮은 점이 있어요. 당신 역시 누군가를 자유롭게 하고 싶었을 뿐입니다. 그리고 그것을 위해 많은 생명을 희생했죠. 그러나 마이어, 순수한 이타심은 존재하지 않아요. 당신은 딸이 내포하는 자기 자신을 구하려 했던 겁니다."

엘렌의 기억 속의 나?

나 역시 엘렌을 기억하고 있다. 딸에 관한 것이라면 뭐든 알고 있다.

만약 아직도 엘렌을 구할 기회가 있다면.

화면에 의문의 시간이 표시되었다.

"필요한 정보는 얻었고 보답은 넘치도록 돌려드린 것 같군요. 이제 당신 집으로 무장 강도를 보내겠습니다. 고통 없이 끝날 것입니다."

숫자가 줄어들기 시작했다. 분명 체념했다고 생각했지만,

임박한 죽음 앞에 유전자에 새겨진 생존본능이 깨어났다. 교감신경이 미친 듯이 심장을 채찍질하기 시작했다. 두방망이질 치는 박동이 온몸의 세포를 깨웠다. 보이지 않는 위협에 긴장한 근육이 진동하기 시작했다. 뜨거운 혈액을 공급받은 마이어의 사고는 어느 때보다 맑았다.

"내가 헤르노의 아들이 될게."

마이어는 자신의 역할을 알았다.

"유감스럽지만 당신을 살려둘 수는 없어요. 당신이 '헤르노의 아들은 사실 내가 빼돌렸다'고 나불대기라도 한다면 곤란합니다."

"잘 이해하지 못한 것 같군. 네 계획에는 오류가 있어. 너는 내 딸의 신경망이 인질의 행동 데이터를 문제없이 학습할 거라 단정하고 있어. 그게 실패하면 네 계획은 끝장이야."

마이어의 목소리가 떨렸다. 에피네프린에 횡격막이 요동치는 것일 뿐 그는 조금도 두렵지 않았다.

"평생을 병실에서 지낸 가여운 아이야. 그런 아이의 신경망 지도가 어째서 네 예상대로 기능할 거라 생각하지? 인질로 더 적합한 것은 나다. 조바심 내면 모두 잃게 될 거야. 그래, 마치 시작조차 하지 않았던 것처럼."

"대신 인질이 되겠다고요? 당신에게 당신을 분석하는 데드는 시간만큼의 가치가 있다고 생각하나요?" 비컨이 비웃듯 말했다. 화면의 숫자는 계속 줄어들었다.

"솔깃한 사실 한 가지를 말해주지. 나는 아버지야. 네 녀석보다 훨씬 멋진 알고리즘을 가지고 있다는 뜻이지."

딸이 태어난 이래 그의 일생은 단 하나의 대상에 대한 연구였다.

"나는 엘렌이 태어나는 순간부터 줄곧 지켜봐 왔어. 표정, 몸짓, 심지어 숨소리만으로도 딸의 행동을 정확히 예측할 수 있지. 그리고 그 알고리즘은 내 머릿속에 단단히 각인되어 있어."

"당신의 기억을 학습 데이터로 사용한다니, 그건 당신이 직접 딸을 만드는 것과 다름없다는 건 알고 있겠죠?"

비컨 안에서 눈뜨는 것은 그가 아닐 것이다. 그가 재회하는 것이 딸과 일치할 가능성은 얼마일까? 그럼에도 마이어는 딸의 미소를 떠올렸다.

"그래, 그건 네가 가장 잘하는 것이지. '인공생명윤리에 관한 법률'에 따라 내 신경망 지도를 통해 너는 두 명의 인질을 추가로 얻을 수 있어. 최고의 인질을 구현해라, 재료는 내가 주겠다!"

긴 침묵이 이어진 끝에 카운트다운이 멈췄다.

"죽은 자는 말이 없는 법이죠."

엘렌, 줄 수 있는 게 이것밖에 없구나. 바라건대, 슬퍼하지 않았으면 좋겠구나.

마지막으로 마이어가 말했다.

"나는 살아가는 거야, 엘렌과 영원히."

✳

구름을 뚫고 피부를 스치는 햇볕이 따뜻했다. 소녀는 끝없이 펼쳐진 모래 평원을 내려다보았다. 발가락 사이로 느껴지는 모래 알갱이의 감촉이 기분 좋았다. 소녀는 숨을 크게 들이마셨지만, 공기에는 냄새가 없었다.

그때 저 멀리서 누군가 다가오는 것이 보였다. 그것이 누구인지 미처 알아차리기도 전에, 그리움과 따스함에 이끌려, 소녀는 작은 발자국의 행렬을 남기며 모래 언덕 아래로 내달리기 시작했다.

"아빠!" 엘렌이 말했다.

"여기 있었구나, 언제나 밝은 나의 별."

마이어가 홀연히 엔코어를 퇴사한 뒤, 그가 사람들의 기억 속에서 조금씩 희미해지던 어느 날 피셔 앞으로 액체질소 탱크가 도착했다. 물품은 두꺼운 보온재에 단단히 밀봉되어 다음과 같이 적혀 있었다.

'부디 귀사의 연구에 도움이 되기를 바라며.'

UNIST 생명과학과를 졸업 후 KAIST에서 뇌과학을 연구 중이다.
실험쥐의 잔해로 산을 쌓은 업보로 지옥행 열차 맨 앞칸에 앉아 있
다. 열차를 늦추려고 매일 14종의 영양제를 복용하며, 냉동수면과
마인드 업로딩을 통해 영생을 얻고자 한다. 제3회 포스텍 SF 어워
드에 투고한 이야기는 입대 첫날 밤부터 상상한 장편의 프롤로그이
다. 모교 도서관에 자신의 소설책을 기증하고자 집필을 시작했다.

김창규 심사위원

총평

응모작 전반에 걸쳐서 두 가지 커다란 흐름이 눈에 띄었다. 하나는 SF를 통해 사회 구조적 문제와 약자에 대한 편견을 고발하고 풍자하려는 시도이고, 다른 하나는 두뇌의 정보화 및 그에 따른 자아의 확장에 대한 관심이다. 전자는 최근 기성 작가들의 조류와 일치하고, 후자는 현실의 기술 발전 추이와 맞아들어가니 어찌 보면 당연한 흐름이라 할 수 있겠다. 그러한 문제나 경향을 수동적으로 조명하는 데에서 그치지 않고 주도적으로 SF 서사에 연결하거나 소설적 기교와 능숙하게 결합시킨 작품들이 좋은 평을 받았다.

단편 당선작 〈냉소제외대상: 라디오〉는 앞날에 도래할 것으로 예상되는, 삶의 본질에 관한 의문을 매끄러운 우화와 결합한 작품이다. 우화는 특징이 뚜렷하기 때문에 전형성의 함정에 빠지기 쉬운데, 그 점을 분명히 인지하고 입장 역전과 의외성이라는 장치를 적절히 사용해 한계를 벗어나려 노력한 점이 무엇보다 돋보였다. 또한 자칫 비인도적인 연상을 유도할 수 있는 주제를 능숙하게 다듬어 작품 속 세계의 톤과 매끄럽게 결합한 실력이 뛰어났다.

단편 가작 수상작 〈펭귄의 목소리〉는 장점과 아쉬운 점이 뚜렷한 작품이다. 신기술의 산물이 인간의 육체와 결합할 가능성이 점점 높아지는 시대에 또 다른 차별이 발생할 가능성은 작지 않다. 〈펭귄의 목소리〉는 개연성 높은 상황을 도입해 그에 대한 우려를 제시한다. 다만 모든 심사위원이 지적했듯 청년기 로맨스와 유사한 구조를 선택해 결과적으로 소재와 주제의 무게가 다소 희생되었다는 아쉬움이 남는다.

미니 픽션 당선작 〈수신자 불명〉은 하나의 현상을 정반대로 해석하는, 이른바 가치역전을 슬픔과 수용 사이의 전환으로 잇고 그것을 우주의 본질과 직결시켰다는 점에서 SF의 특장점을 제대로 적용한 작품이다. 〈타임캡슐〉은 의사과학(Pseudo Science) 기법을 느슨하게 이용해 시간과 인생의 관계를 따뜻한 시각으로 그린 것이 주효했다.

　미니 픽션 가작 〈고백의 떨림〉은 전통 SF가 주 무기로 삼았던, 회귀를 이용한 반전을 승부수로 삼았다. 다만 회귀 구조에 필연적으로 따르는 인과의 문제를 능숙하게 다듬지 못했고, '신'이라는 발상이 오히려 독창성을 해쳤다는 아쉬움이 있다. 〈백 세 청년의 새해 일기〉는 기억과 데이터를 기술적이고 경제적인 한계와 결합시킨 점이 장점이나, 설명의 비중이 높아 완전한 소설화에 조금 못 미쳤다는 점이 안타까웠다.

박인성 심사위원

작년에 이어서 2년 연속으로 포스텍 SF 어워드 심사에 참여하게 된 것은 개인적으로 뜻깊은 일이었습니다. 여러 공모전 심사에 자주 참여할수록 익숙한 경향과 소재를 반복하여 접하면서 오는 피로감이 있을 법도 하지만, 포스텍 SF 어워드의 응모작을 읽어나가는 과정은 저에게 창작의 역동적인 에너지와 신선함을 환기하게끔 해주는 경험이기도 했습니다. 올해도 예년과 마찬가지로 전체 심사과정은 예심과 본심으로 나누어 이루어졌으며, 응모 부문에 따라 단편 부문과 미니 픽션 부문에 대한 심사가 차례로 진행되었습니다. 심사 방식과 마찬가지로 심사평에서도 단편 부문을 먼저 언급한 뒤 미니 픽션에 대한 평으로 이어가겠습니다.

1
단편소설 부문

단편소설 부문 예심에서는 응모자들이 최근 SF의 경향에 대하여 많은 독서 경험과 창작에 대한 고민이 바탕에 있음을 확인할 수 있었습니다. 소위 '트렌디'하다고 말할 만한 주제나 소재를 영리하게 선택하는 것도 그렇지만, 그 이상으로 기성의 SF들이 고민하고 있는 이야기의 형식적 차원에 대한 고민들이 묻어났습니다. SF 어워드가 장르문학상으로 운영되는 데 있어서 핵심은 SF라는 장르에 대한 형식적인 이해와 관습으로부터 출발해 자신만의 개성을 드러내는 작품들을 발굴하는 것이라고 생각합니다. 그런 의미에서 본심에 진출한 작품들은 나름의 형식적인 안정성과 함께 자기 개성을 드러내는 데 고심한 작품들이라고 할 수 있습니다. 그렇게 총 7편의 본심 대상작에 대한 심사위원들 간의 토론 과정을 통해서 그다지 어렵지 않게 만장일치로 〈냉소제외대상: 라디오〉를 수상작으로 결정할 수 있었습니다.

수상작 〈냉소제외대상: 라디오〉는 그 제목만큼이나 다른 작품들과 구별되는 자기 개성을 잘 드러낸 작품이었습니다. 소재적인 차원에서도 기계들만이 살아가고 있는 미래 도시에서 발생하는 범죄 사건(?)을 일종의 소동극이나 부조리극의 형태로 그려내고 있다는 점에서 다른 응모작들과 선명하게 구별되는 시도를 보여주었습니다. 하나의 폐쇄적인 사회가 되어버린 기계도시가 요구하는 필요악의 존재, 그리고 재판 과정의 묘사가 권태에 질려버린 세계에 카니발 같은 사회적 제의처럼 수행된다는 사실도 흥미롭게 다가왔습니다. 주제 의식에 있어서도 익히 뻔한 것처럼 보이지만 그것을 전달하는 수법이 능숙했습니다. 특히 결말에 이르러 주인공이 폐쇄된 도시 바깥 세상을 향해 떠나가며 거기서 '꿈'을 찾아가는 여정을 발견하는 경쾌함은 오늘날 우리의 현실과 냉소적인 분위기를 돌파해나가는 진중함으로 비춰졌기에 이 작품의 설득력을 높이 평가할 수 있었습니다.

가작으로 선정된 〈펭귄의 목소리〉의 경우 심사위원들 모두 안정적인 소설적 구성과 주제 의식의 선명한 전달에 있어서 좋은 평가를 한 작품입니다. 특히 미래 사회의 기술 발전을 통해서 칩으로 의사소통을 수행하는 시대에 구술적인 언어의 사용을 장애로 취급하는 사회적 변화를 그려내는 방식이 나름대로의 설득력을 갖추면서도, 정상과 비정상의 이분법적 기준을 무화하며 장애에 대한 보편적 가능성을 환기하는 상상력을 소설적으로 잘 형상화한 것으로 보입니다. 하지만 아쉬움이 없는 것은 아니었는데, 인혜와 세현 사이의 관계가 유해한 세상 속에서 안전하고 무해한 것으로 시작부터 결말까지 유지해나가는 과정이 너무 미리 결정되어 있는 만큼 극적인 긴장감이 없다는 점입니다. 현실과는 다른 방식으로 허구가 구성해야 하는 밀도 있는 갈등이 이 소설의 주제나 소재의 차원에는 필요하지 않았나 하는 생각입니다.

마지막으로 단편소설 부문에서 수상하지는 못했으나 개인적으로 추천하고자 하는 응모작이 〈엑스 실리코(Ex silico)〉입니다. 포스텍 SF 어워드가 단편소설 부문으로 구성된 만큼 흔히 단편소설의 미학적인 형식에 맞는 완성도 있는 소설적 만듦새가 이러한 공모전의 중요한 심사기준임은 사실입니다. 하지만 다른 한편으로 장르문학이기 때문에 추구할 수 있는 순수한 이야기적 재미를 작가 스스로가 밀고 나간 작품들에 대해서는 늘 마음이 가는 편입니다. 이 작품이 단편소설의 형식 안에서 전체적인 구성의 개연성이나 인물 심리에 대한 묘사가 충분히 치밀하게 갖추었다고 말하기는 힘들지도 모릅니다. 하지만 기술에 전도된 인간 욕망의 왜곡된 방향성, 그리고 마인드 업로딩이나 가상현실의 정체성을 둘러싸고 치열한 욕망과 대립을 그려내고자 했던 이야기적 욕망 자체를 저는 높이 평가합니다. 꼭 이번 SF 어워드의 입상이 아니더라도 다양한 공모전에서 장점을 가질 만한 개성을 갖추었다고 판단하기에, 앞으로의 작품활동을 용기 있게 펼쳐나가시길 바라겠습니다.

2
미니 픽션 부문

다음으로 미니 픽션 부문에 대한 심사평입니다. 미니 픽션 부문의 경우 단편소설 부문보다는 상대적으로 응모작 간에 다소 명확한 수준 차이가 있었던 것이 사실입니다. 미니 픽션이 짧은 분량 안에서 인상적인 터치나 장면적 구성, 재치 있는 주제 의식을 전달하기만 하면 된다는 인상과 달리 미니 픽션 역시 짧은 분량 안에서 구성적인 형식적 차원의 이야기성을 충분히 갖추어야 한다는 사실을 심사평을 빌려서 강조하고 싶습니다. 다른 큰 이야기의 한 단면이나 장면, 설정만을 잘라내서 보여주는 것 같은 방식의 미니 픽션은 그 자체로 독립적인 매력을 인정받기 어렵다는 사실도 말씀드립니다.

　결과적으로 본심에서 심사위원들은 〈수신자 불명〉과 〈타임캡슐〉을 수상작으로 정했습니다. 두 작품은 공통적으로 '감정과 기억의 물질화'라는 소재를 바탕으로 흥미로운 소설적 상황의 설정과 그에 대한 심리의 구성에 효과적으로 성공하고 있습니다. 〈수신자 불명〉에서는 우주 공간을 이동하는 우주선에서 '그녀'에 대한 기록된 데이터를 우주 공간 저편으로 날려 보내는 과정 속에서 일종의 개인적인 애도와 망각을 수행하는 과정이 신자불명의 기록을 발신하는 것으로 그려지고 있으며, 〈타임캡슐〉에서는 시간에 대한 원근법을 상실하는 병을 앓고 있는 주인공이 과거의 기억을 남겨놓은 타임캡슐을 통해서 물질화된 삶의 감각을 되찾는 과정을 압축적으로 잘 그려냈습니다. 심사위원들은 이 작품들의 완성도에 믿음을 가지고 만장일치로 수상 여부를 결정할 수 있었습니다.

　한편, 수상작과 경쟁하였으나 아쉽게 가작에 그친 것은 〈고백의 떨림〉와 〈백 세 청년의 새해 일기〉입니다. 두 작품

모두 우선은 신선한 소재의 활용을 인상적인 소설적 묘사로 전달했다는 점에서 소설적 매력이 분명한 작품들이었습니다. 무엇보다도 과학과 기술의 아이러니한 효과를 미니 픽션의 형식 안에서 효과적으로 구성했습니다. 〈고백의 떨림〉은 미래 지구로부터 현재에 도달한 파동을 통해서 해석을 수행하는 과정의 아이러니를 그려내고 있으며, 〈백 세 청년의 새해 일기〉에서는 모두가 평균 수명 300세를 살아가는 시대에 방대해진 기억 데이터의 보존과 그에 따른 존재에 대한 감각에 대한 아이러니를 그려냅니다. 하지만 그 아이러니의 효과 소설의 설정 자체에 너무 메어 있다는 생각이 들고, 읽고 나면 다소 무난한 주제 의식과 그에 대한 서술적 전개 방식의 매력에 있어서는 다소 아쉬움이 있었다고 생각합니다.

작년과 비추어 보았을 때, 응모작의 숫자가 드라마틱하게 늘어났다거나 작품의 수준이 현격하게 올라간 것은 아니지만, 포스텍 SF 어워드의 잠재력이 정체되어 있다거나 줄어든다는 인상은 없습니다. 오히려 수상자들을 포함하여 이번 공모에 지원하는 응모자들의 다양성이 늘었다는 사실, 또한 응모작들이 추구하는 소설적 개성의 방향이 한층 개성화되었다는 사실에 대하여 고무적인 결과라고 생각합니다. 2년째 심사에 참여하면서 의미 있는 작품들을 선별하고 또 독자들에게 소개할 수 있게 된 점을 심사위원으로서 기쁘게 생각합니다. 수상자들에게는 축하의 박수와 함께 앞으로의 활발한 활동과 용기 있는 창작행위에 뒤따르는 문운을 기대하겠습니

다. 또한 비록 수상하지 못했더라도 이번 문학상 응모에 지원
한 모든 응모자들, 또 포스텍 SF 어워드에 관심을 가진 잠재
적인 창작자들 모두의 문운을 빕니다.

송경아 심사위원

단편소설 부문

당선작 〈냉소제외대상: 라디오〉는 기계들의 도시에서 일어나는 '일'의 쟁탈전을 통해 미래 세계 노동의 위상을 냉소적이고 고통스럽게 그리면서도 라디오의 꿈을 '냉소제외대상'으로 두는 낙관적인 시각을 견지한 대담한 우화였습니다. 심사위원들은 기술이 아니라 기술이 사회에 미치는 영향을 모색하고, 그러면서도 꿈을 잃지 않는다는 SF 본연의 자세를 견지한 이 작품에 당선의 영광을 수여하는 데 모두 이의가 없었습니다.

〈펭귄의 목소리〉는 목소리를 쓰지 않아도 되는 미래 세계에서 '소통 장애'를 겪는 한 연인을 통해 장애란 결국 상대적이고 사회적인 것임을 보여주는 데 성공했습니다. 그러나 그 과정이 너무나 안온하고 안전한 틀을 따라가고 있다는 점이 아쉬웠습니다. 가작의 영광을 안겨드립니다.

심사위원 추천작 〈인스턴트〉는 수작이었습니다. '복제인 간'이라는 소재를 통한 자아의 개별성과 한계에 대한 탐구, 안정적인 전개와 개연성 등은 흠잡지 못할 수준에 올라 있었습니다. 하지만 여러 번 시도된 소재를 쓸 때는 기존의 상상력의 지평을 더 넓힐 만한 파격을 보여주어야 하는데, 그 점이 아쉽다는 지적이 있었습니다. 뜻을 꺾지 말고 더욱 정진하셨으면 합니다.

2

미니 픽션 부문

〈수신자 불명〉과 〈타임캡슐〉은 짧은 분량 안에서 기술과 상상과 이미지뿐만 아니라 정서를 그려 보여준다는 보기 드문 장점을 가지고 있습니다. 심사위원들은 만장일치로 당선을 결정했습니다.

〈고백의 떨림〉과 〈백 세 청년의 새해 일기〉는 독자들이 미니 픽션에서 기대할 만한 상상력과 재치와 완결성을 가지고 있습니다. 또한 '미래의 인류에게서 받는 메시지'나 '수명이 늘어났을 때 우리가 기억할 수 있는 한계' 같은 소재 설정도 좋았습니다. 가작으로 선정되었습니다.

〈나와 남자친구와 먹물 크림파스타〉는 논란작이었습니다. 강렬한 인상을 주는 사건과 매끄러운 전개가 주는 매력, 암시된 폭력에 대한 응징의 카타르시스가 분명 있었습니다. 그러나 암시된 폭력과 대항폭력 사이의 균형, 기술을 범죄에 이용하는 것을 소설 속에서 범상하게 그릴 때 발생하는 윤리적 문제에 대한 긴 토의 끝에 심사위원들은 이 미니 픽션을 수상권에서 제외하기로 결정했습니다. 작가의 성찰을 바랍니다.

2023
포스텍SF어워드 수상작품집 No_2

초판 1쇄 발행   2023년 11월 15일

지은이   권재영, 데이나, 서돈익, 안세인, 이동은, 이지효
펴낸이   박은주
디자인   김선예, 이수정
마케팅   박동준

발행처   (주)아작
등록   2015년 9월 9일 (제2023-000057호)
주소   07236 서울특별시 영등포구 의사당대로 38 102동 1309호
전화   02.324.3945-6   **팩스**   02.324.3947
이메일   arzaklivres@gmail.com
홈페이지   www.arzak.co.kr

ISBN   979-11-6668-748-8 03810